Inhalt

Inhalt ....

Erster Teil Madrid ....

Eins: Maria Block hätte vor der Reise… ....

Zwei: Hast du verstanden?..

Drei: Angekommen im Apartment ....

Vier: Der Stier in der Arena… ....

Fünf: Chueca, der Szenestadtteil.....................................

Sechs: Zunächst leitete José… ....

Sieben: Es gab noch einen… ....

Acht: Die Metro heulte… ....

Neun: Der Morgen begann schon ....

Zehn: Der Wecker klingelte… ....

Elf: Sie hatten die Nacht… ....

Zwölf: Sehr gut inszeniert… ....

13: Der Monitor bewies… ....

14: Lope saß… ....

15: Die unendliche Traurigkeit… ....

16: Tonio rief an...

17: Der Hauptkommissar… ....

18: Der Mobilkran stand… ....

19: Das Prado-Museum… ....

20: Carlos war drin……………………………………………
21: Miese Stimmung……………………………………………
22: Wir überwachen……………………………………………
23: Carlos, hörst du……………………………………………
24: Mein Lieber…………………………………………………
25: Ribera seufzte……………………………………………
26: Lope schloss………………………………………………
27: Der Zug wurde immer schneller………………………
28: Ribera hörte………………………………………………
29: Auf dem Terrassendach…………………………………
30: Das Fischwesen……………………………………………
31: Anita, José und Anton…………………………………

Zweiter Teil…………………………………………………
Berlin – Rönnwitz – Mallorca……………………………
Eins: Einen Monat nach der Versetzung………………
Zwei: Der junge Mann wartete…………………………
Drei: Raul schreckte………………………………………
Vier: Raul schrie……………………………………………
Fünf: Der Strand……………………………………………

Erster Teil
Madrid

Eins: Maria Block hätte vor der Reise...

Maria Block hätte vor der Reise auf ihre innere Stimme hören sollen. Kaum landeten sie in Madrid, spielte sie den üblichen Blues. Schmerzen. Fahren. Der Flieger ist ein Auto. Ich bin eine Tiefgarage. Fahr: in mich. Ich will: Opium. Es reicht. Flieger, fahr', Flieger nach Madrid. Das Terminal. Raus. Ach, der Koffer. Wo? Warten. Toiletten? Ja, Toiletten. Tropfen. Zigarette. Muss. Ich muss. Pissen. Rauchen. Wo? Ach, erst durch die Sperre. Den Koffer noch. Nun raus.
Das ist meine erste Reise nach dem Fast-Tod. Der Stammzellentherapie. Therapie? Folter! Tod und Hölle. Auferstehen wie Jesus. Wundmale am Körper. Haut in Fetzen. Und doch. Ich sag ja zur Reise. Warum? Weder kann ich einigermaßen laufen, noch überstehe ich dreistündige Flüge. Und so lange hat es gedauert von Berlin bis hierher. Was will ich in diesem Madrid? Ins Bett. Ausruhen. Wir sind sieben. Meine besten Kumpels. Über 60 wie ich. Halt, außer

Jana, die ist – noch – jünger. Alte Säcke und Löcher. Ich bin das verdorbenste Fleisch von allen. Stinkend. Blutend. Eine Hölle auf zwei Beinen. Mein Name: Maria Block. Da drüben steht mein Mann, Joseph Block, der Joblo. Der es fertig bringt, neben sich zu stehen.
Der Joblo wühlte im Rucksack. Mensch, im Flieger hatte ich doch dieses Buch noch mit dem Stadtplan. Wo müssen wir jetzt hin? Keine Ahnung. Durch die Sperre. Den Rolli vom Band nehmen. Das Band steht. Noch kein Gepäck da.
Der Joblo ging einfach fort, eine Toilette suchen. Sein Rucksack stand offen neben dem Gepäckband. Maria schrie, fünf Meter entfernt auf der Bank sitzend, schwitzend, zu Jan: Hilfst du mal? Er lässt wieder alles liegen. Jan holte den Rucksack. Er hatte die Reise organisiert, er war der Reiseführer. Und kannte Madrid nur aus Reiseführern. Das Piepen begann. Das Band rollte.
Ich bin der Jan, ich bin der Reiseführer, drr Rreiseführr, ja ich bin euer Rreiseführr, und ich weiß nicht mal, wohin mit euch. Ich bin der Reiseführer, ich kenn Madrid nur aus dem Rreiseführr, und doch, ich bring euch hin. Wohin? Na, zur Metro, klar, immer zurr Metrro, das ist rrichtig, zurr Metrro: Da müssen wir hin.
Jana sah, wie ihr Mann Jan wippte. Er spinnt wieder. Das große kleine Kind. Hoffentlich weiß er einigermaßen, wo es hier lang geht. Überall Gewimmel. Ich sehe die Richtung nicht, wo ist die Richtung? Alles ist so gleich. Jan, wo geht's lang? Jan hatte wenigstens den Trolley, der Joblo auch. Was war mit Ellen, Carmen und dem armen alten Jochen? Carmen suchte Jochen. Weg!? Natürlich, auf der Toilette. Und hatte auch den Rucksack stehen lassen.

Einfach mitten vor dem Band. Wenn ich hier nicht fit wäre. Der würde doch absaufen, elendiglich. Aber das war Jo noch nie passiert. Erst fragte er pausenlos: Carmen? Wo ist was? Es düste in ihrem Ohr. Sie konnte es nicht mehr hören. Jo bleibt aber oben wie eine Brauseflasche aus Plastik auf dem großen Meer. Geht einfach nicht unter. Siehste. Ellen schnappte ihre Tasche und stiefelte rüber zu den anderen. Sie war doch die Einzige, die hier durchblickte. Schau sie dir an, die Alten. Was geht noch bei der müden Truppe? Voran, ich geh voran. Und zügig spurte sie ein in die entgegengesetzte, falsche Richtung.

Halt, rief Jan, hier lang. Und immer geradeaus. Immer dem Metrozeichen hinterher. Nach einem Kilometer, weg vom Terminal 1, standen sie vor den Fahrkartenautomaten der Metrolinie – pink, die sie zu den Neuen Ministerien, Nuevos Ministerios, bringen sollte. Jetzt noch Fahrkarten kaufen. Geld rausholen. Niemand bemerkte, dass plötzlich ein unauffälliger schlaksiger Bursche neben Maria stehenblieb, ruhig auf den Automaten schaute, aber keine Fahrkarte zog.

Zwei: Hast du verstanden?

Hast du verstanden? Es ist nicht vorgesehen, dass diese Reise klappt. Das letzte Mal fuhren unsere sieben Staatsfeinde vor über 25 Jahren, kurz vor dem Ende der DDR, gemeinsam nach Ungarn. Nach Westungarn, um sich bei Sopron die Grenze in die „Freiheit" anzusehen. Wir stritten uns damals. Ich sagte, sie wollen rüber. Du behauptetest, sie trauen sich nicht.
Was heißt behaupten? Ich hatte Recht. Sie kehrten brav zurück. Und wir organisieren, dass sie in Madrid, jetzt im September, Schwierigkeiten bekommen. Versprochen. Für die drei aus dem Südosten ging es doch schon bei der Anreise los. Wir hatten diesen Selbstmörder gebeten, sich besser vor den Zug zu schmeißen als aus dem Fenster. Er war einverstanden, er hielt Wort. Vor der Elbe mussten unsere drei Reisenden aus dem Zug. Und sie nahmen das Taxi bis Berlin. Hundertfünfzig Euro. Nicht eingeplant von diesen Geizigen. Das sprengt schon mal das Budget gleich am Anfang.
Und was passiert mit der Kranken? Warum wurde sie verschont? Hast du sie im Visier?
Unser Mann ist ihr auf den Fersen. Noch bevor sie aus der Metro steigt, wird sie sämtliches Geld, Ausweis und Kreditkarte eingebüßt haben. Versprochen. Der Junge ist perfekt, erprobt und kennt die Tricks. Und wir behalten alle sieben im Visier. Jedem seine private Lektion.
Nimm den Mund nicht so voll. Konzentriere dich auf

die Aktion. Es muss klappen, ohne Zwischenfälle. Ich will diese Bande in einer Verzweiflung sehen, die sie sich nicht vorstellen kann. Gruppe WUM, östlicher Abschnitt, erinnerst du dich? Selbstverständlich. Unser Vortragsreisender, der sich regelmäßig bei ihnen einlud, berichtete aber nicht von Madrid? Nein, Madrid war nicht dabei. Japan, USA, Israel, BRD – damit ließ er es bewenden. Die Esperanto-Legende wurde dann zu gefährlich. Wir hatten das Gefühl, sie würden es herausbekommen. Dieser Jan begann sich zu erkundigen bei Esperantisten. Und von denen kannte doch keiner unseren Vortragsreisenden.

Die zwei alten Männer sitzen vor dem Computer. Mit den Augen der Überwachungskameras, Metrostation Aeropuerto Terminal 1, blicken sie auf den Bahnsteig 3 mit sieben Reisenden. Neben ihnen steht unauffällig ihr Faktotum.

Der hatte für die vergangene Nacht ein Zimmer genau neben dem Apartment der Sieben unter falschem Namen gebucht und die Wanzen installiert. Die Beobachtung war also gesichert. Der Bursche verschwand jetzt im Pulk, der auf die einfahrende Metro wartete.

Die Männer zoomten, doch er entzog sich ihrer Beobachtung. Das gibt Ärger, sagte derjenige Alte, der in alten Zeiten „Dienstvorgesetzter" des anderen war. Dieser andere fasste inzwischen den Beobachtungsstand in einer Geheimmail zusammen, die er verschlüsselt an einen Empfänger schickte, den er nicht kannte. Und dann noch die Mail an den Überwacher in Madrid, befahl der alte Vorgesetzte. Jawohl, dienerte der alte Untergebene. Dass mir die Videoüberwachung künftig lückenlos klappt, fügte der Vorgesetzte grimmig hinzu. Hat er wieder seine Stinklaune, dachte der Untergebene. Nach über zwanzig Jahren Mauerfall fühlte er plötzlich den Mut, innerlich zu grinsen. Aber das musste weit innen passiert sein. Der grimme Boss merkte nichts. Der Vorgesetzte zügelte seine Wut. Nun benutzen wir die neue Technik, und? Sie beherrschen es nicht. Wie damals. Entscheidendes geht daneben. Entscheidendes. Und diese Idioten begreifen nichts. Sie führen einfach Befehle aus. Mitdenken? Fehlanzeige. Können die nicht. Idioten. Sehen nur ihre Kontostände. Geld, Geld, da sind sie fix. Sonst? Nix. Der Reim machte ihn nicht glücklich. Siebzig sind wir beide jetzt, dachte der Vorgesetzte. Zwei Leben haben wir gegeben gegen den Feind. Unsere zwei Leben. Erst im Auftrag der Arbeiterklasse. Jetzt im Spezialdienst einer neuen Macht. Stolz sollten wir sein, dass sie uns brauchen. Dass wir mehr bringen als die. Doch wir stellen uns an, sind nicht perfekt. Ich bedauere das zutiefst. Er bemerkte den Rückfall ins alte Kommuniquédeutsch. Nichts zu machen, das steckt in einem drin bis zum Sankt-Nimmerleins-Tag. Na. Das ist dann mal so. Punkt. Weitermachen. Plötzlich sah er auf dem Bildschirm etwas und stutzte.

Drei: Angekommen im Apartment

Angekommen im Apartment. Morgen ist die große Demonstration in Madrid, sagte Jan. Die Stadt wird sich füllen. Hunderttausende sollen von außerhalb in die Hauptstadt Spaniens fahren. Gehen wir zur Plaza de Chueca, gleich an unserer Metrostation, solange dort noch Plätze vor den Cafés frei sind. Denn ihr habt die Massen in den überfüllten Metrozügen erlebt – viele kommen schon heute.
Ich bin erst später dabei, meldete sich Maria, mir geht es nicht so toll.
Carlos José Jesus Maria Hidalgo, 18, Stadtstreicher seit Jahren, Eltern geschieden, stand vor dem Geldautomaten. Die Scheckkarte war geknackt. Er würde 300 Euro abheben und sie ihr wieder zustecken. Auf Ehre! Mehr als das Automatengeld wollte er nicht, und in ihrer Börse steckte nur wenig Bares. Es lohnte sich nicht. Mitleid, nein, das würde bei ihm nicht aufkommen. Eher Trauer über den Zustand eines Menschen. Sie sah beschissen aus. An der nächsten Station sprang er aus dem Zug. Maria wollte sich ja von den anderen trennen. Er sollte sie morgen wiederfinden.
Die Demonstration erreichte am nächsten Mittag ihren Höhepunkt auf der Gran Via. Hunderttausende drohten ihrer Regierung, der EU und auch den Deutschen. Manche fragten Maria am Straßenrand nach ihrer Herkunft. Maria hatte Angst. Die Füße bluteten, sie lief schlecht. Und dieser Kerl schlich

immer hinter ihr her. Sie setzte sich vor das Café und rauchte, sie bestellte Espresso und bestellte wieder ab. Sie schluckte eine Tablette nach der anderen, bestellte Wasser, schluckte Tropfen, trank aus, bestellte neu, rauchte. Plötzlich wurde es dunkel. Die Straßen leerten sich allmählich. Vor dem Toni 2 erkannte sie zwei Beine, die verkehrt herum in einer Mülltonne steckten. Das letzte, was sie noch merkte, war das frische, heiße Blut, das ihr die Beine herunterrann. Sie kippte um und sah im Nebel, wie der Kerl weglief. Welcher Kerl? Sie erkannte ihn nicht. Das Licht im Kopf wurde gleißend hell. Sie nahm ihre Mutter wahr, die ihr zulächelte. Nie hatte ihre Mutter gelächelt, und vor fünf Jahren war sie gestorben. An Krebs. Und daran starb sie ja jetzt wohl auch. Oder? Ihr Rücken glühte. Alles blutete, blutete. Hinter ihr stauten sich drängelnde Menschen. Jemand schaute sie an.

Vier: Der Stier in der Arena...

Der Stier in der Arena von Las Ventas blutete. Das Blut strömte über den Rücken. Aber er stand. Auch als der Torero in diesem letzten Kampf des Abends zum zehnten Mal zustach und die falsche Stelle traf. Doch plötzlich senkte der Stier mit einem Ruck den Kopf, spießte den Torero auf die Hörner und schleuderte ihn in den Sand der Manege. Raunen im spärlich besetzten Rund. Comisario Francisco Ribera unterbrach das Kauen der Sonnenblumenkerne und schaute ungläubig auf den Stier. Der stand bereit, sich feiern zu lassen. Sie trugen den Torero aus dem Rund. Schwerverletzt, hieß es später.
Einzug der Kühe. Doch der Stier stand und rührte sich nicht. Der Sieger ließ sich nicht so leicht herausführen. Abzug der Kühe. Der Stier wankte, fiel aber nicht, wagte zaghaft Schritte. Sie lockten ihn an den Rand. Von außen stach der Schlächter wie wild auf ihn ein, bis er zusammenbrach. Pfiffe im Stadion. Sitzkissen flogen herab. Der Journalist Lope Schultz, neben seinem Freund Ribera sitzend, schüttelte den Kopf: „Das sollten sie lassen, dieses Abschlachten!"
„Goyas Hund – war der frei gegenüber einem Stier?"
„Wie kommst du darauf? Er ist unfrei."
„Ich finde, er hat sich von allem befreit."
„Ich nicht. Er will weg. In die andere Welt. Er hat die Schnauze voll."
„Aber er ist nicht hinter Gittern. So wie die Stiere

hier. Er will leben."
„Lass mich mit deinem Lieblingsbild in Ruhe. Du wirst es nicht herausbekommen."
Als das Handy klingelte, waren sie auf dem Weg nach draußen, zur Metro. Ribera ging ran.
„Hallo, Francisco, hier ist dein alter Freund Doktor Pradello."
„Ja, Pedro?"
„Bevor sie dich gleich mit Anrufen überschütten: Eine Frau ist eingeliefert worden, Anfang 60, schwer verletzt, mindestens zehn Messerstiche. Meine Ärzte operieren, alle, die ich auftreiben konnte am Sonntagabend trotz des Streiks. Vermutlich ist die Frau Ausländerin."
„Warum so allgemein, ihr habt doch die Papiere?"
„Sie hatte einen Bauchladen um, geöffnet und leer. Bevor wir sie operierten, sprach sie was. Einer meiner Ärzte, der deutsch kann, hörte: 'Ach, Engel, sterbender Engel.' Vielleicht ist das wichtig?"
„Keine Zettel in den Taschen, Quittungen, nichts?"
„Nur einen Stadtplan, Franjo. Mit Kugelschreiber hatte sie einen Kreis um die Metro Chueca gezogen."
„Wo fandet ihr sie?"
„In der Calle de Almirante, gegenüber vom Toni 2. Vor einer dieser Galerien. Passanten sagten, sie stand minutenlang am Abfallbehälter, hielt sich dran fest. Sie dachten, ihr sei übel gewesen. Dann fiel sie um, und sie sahen Blut unter ihren Füßen. Aber es war wenig Blut. Einer rief uns über das Handy. Deine Leute dürften inzwischen dort sein."
„Die Metro Chueca – oben ist doch der Platz mit den Cafés?"
„Ja, falls sie nicht allein war, könnte sie das als Treff vereinbart haben."
„Danke, Pedro. Schick mir mal den Anrufer aufs

Handy. Wenn ihr Ergebnisse habt..."
„Ich ruf dich an. Vorläufig operieren wir, und danach wird sie kaum ansprechbar sein."
„Zehn Stiche mindestens, sagst du?"
„Alle in den Rücken, kurz über die Lendenwirbelsäule. Bis auf einen, der zielte von hinten fast ins Herz. Der macht uns zu schaffen. Die anderen... könnten höchstens zur Lähmung der Beine führen. Tabletten waren noch in den Hosentaschen, ehe ich's vergesse, jede Menge Opiate, schwerste Schmerzmedikamente. Meine Ärzte sagen, sie hatte kürzlich eine Stammzellentherapie. Also war sie krebskrank. Ihr Zustand? Kritisch, um es vorsichtig auszudrücken, auch ohne die Messerstiche."
Ribera beendete das Gespräch und fuhr mit der Metro direkt zur Station Chueca. Unterwegs hörte er die anderen Anrufe ab. Die Mitarbeiter Anton Alberto und José Maraga waren am Tatort. Er beorderte Anton zur Metrostation Chueca – in zehn Minuten.
„Und du, José, vergiss nicht, alle Mülltonnen in der Umgebung nach Messern durchzuwühlen – bis zur Metro Chueca! Oder lass noch jemand von der Streifenpolizei kommen, der es für uns erledigt. Habt ihr bisher irgendwas gefunden? Keine Spuren? Such bitte weiter." Er seufzte, es klang wie ein Gebet. Trennte das Gespräch. Ausländerin, das hat mir gerade noch gefehlt. Und wahrscheinlich Deutsche. Doppeltes Unglück. Wenn die deutschen Behörden von der Sache Wind bekommen...
Es klingelte schon wieder. Der Chef, Hauptkommissar Fernandez Mario Orton: „Wie ist der Stand in dem Mordfall, also, der Erstochenen von der Calle de Almirante?"

„Noch lebt sie, zwar im Koma, aber es wird operiert. Versuchter Mord, Fernandez, versuchter. Und dabei soll es bleiben. Die besten Ärzte von Doktor Pradello kämpfen um das Leben der Ausländerin."
„Wie heißt sie, wie ist der Name? Nationalität?"
„Eine Deutsche, aber ohne jegliche Papiere. Ich bin gerade in Chueca. Hab so ein Gefühl, dass ich bald mehr sagen kann."
„Ihr Gefühl in allen Ehren, Ribera. Schnelle Ergebnisse, das brauchen wir, Gefühle weniger. Beeilen Sie sich um Gotteswillen. Das gibt sonst einen Riesenskandal. Mord am Rande der Demonstrationen gegen die Regierung. Ich sehe die Schlagzeilen schon vor mir."
Und dann twitterte der gute Lope Schultz:
„Eine Tote mit Messerstichen im Rücken? Wann höre ich was von dir?"
Ribera rief ihn an:
„Lope, noch lebt sie. Ruf mich morgen an, aber erst nachmittags. Dann sag ich dir vielleicht Genaueres. Wahrscheinlich schalte ich dich sogar ein. Es könnte jedenfalls passieren", schränkte er ein.
Nur nicht festlegen, erst recht nicht gegenüber der Presse. Auch wenn es der alte Kumpel Lope war. Vertraue keinem.

Fünf: Chueca, der Szenestadtteil

Chueca, der Szenestadtteil. Die Schwulen, die Lesben, die Heteros – auch am Sonntagabend schwirrten sie über den Platz. Die Cafés hatten kaum freie Plätze. Er sah einem jungen Kerl zu, der gleich neben dem Eingang zur Metro bediente und mit dem Arsch wackelte. Ribera griff ihn sich an der Tür, die ins Café führte:
„Hör mal, Chico, eine Frage."
„Keine Zeit, echt."
Die Faust schnellte so flink an die Brust des Kerls, dass er stehenblieb.
„Du wirst doch Zeit für deinen Kommissar haben, oder kennst du mich nicht mehr?"
„Entschuldigen Sie, Comisario Ribera, ich war so... in Gedanken."
„In Gedanken. Du kannst doch deutsch, Chico?"
„Nun, Sie wissen ja, wie schlecht ich diese Sprache spreche."
„Also, du erkennst zumindest, wer hier auf dem Platz Deutscher sein könnte?"
„Auf dem Platz, heute? Gestern waren welche da, sieben. Heute? Dahinten sitzen sechs von denen, eine fehlt, glaube ich. Das ist Tonios Revier, fragen Sie lieber den."
„Na, das ist doch was, Chico."
Ribera verließ das verräucherte Café. Anton kam vom Tatort. Spuren? Keine. Vielleicht fand José was. Auch Anton sprach etwas deutsch, im Gegensatz zu

ihm, Ribera, der sich nie bemüht hatte, eine Fremdsprache zu lernen. Außerdem, es war besser, wenn sie zu zweit an den Tisch gingen. Er instruierte Anton. Wenn es friedlich ablief, sollte der ins Quartier der Gruppe gehen. Das musste in der Nähe sein. Dort sollte er nach Spuren suchen.
Zunächst brauchten sie aber Antonio, den alten Chef des Cafés mit dem besten Cortado der Stadt. Tonio half ihnen weiter. Gestern waren die Deutschen abends auf dem Platz. Heute Morgen hatten sie bei ihm gefrühstückt. „Guter Umsatz, Junge", sagte Tonio vergnügt. „Eine brave Truppe."
„Fällt dir an diesem Abend was auf?"
„Sie sind nur sechs. Eine fehlt."
„Wie sah die Person aus? So?" Anton hatte schon ein Foto aus dem Krankenhaus auf dem Handy.
„Ja, das könnte sie sein. Ja, ganz sicher. Was ist mit ihr? Unfall? Sie war ziemlich hinüber, gestern und heute früh. Nimmt Tabletten, abends mit Vino blanco und morgens mit Agua minerale."
„Tonio, bist du sicher, dass sie fehlt?" Der Chef des Cafés nickte.
„Ist sie mit einem der Gruppe liiert?"
„Verheiratet. Mit dem Dicken dort, dem Zigarilloqualmer."
„Wo liegt das Quartier der Deutschen? Habt ihr das mitbekommen?"
„Muss ich meine Frau fragen. Die hat einiges mit denen geschwatzt. Angelica!"
Ja, Calle Piamonte. Gleich hier um die Ecke. Die Hausnummer? Sechzehn könnte es sein, die Apartments der beiden Schwulen, die vorher das Café dort führten und jetzt nur noch vermieteten. Die Deutschen wollten wissen, wie sie zur Gran Via kämen. Und zum Bahnhof Atocha. Das traurige

Mädel, das so krank aussah, das jetzt fehlte, also, diese Maria, so nannten sie die, wollte heute allein bummeln gehen. Aber die lief ja so schlecht, weit wird die nicht gekommen sein. Hatte es wohl mit den Hüften, die Kleine.
„Sie müsste in meinem Alter sein. Comisario, die haben seit Stunden auf sie gewartet. Erst waren sie ruhig. Jetzt sind sie nervös. Wahrscheinlich denken sie, etwas ist schief gelaufen. Weißt du, was passiert ist?" Ribera wiegte den Kopf.
„Wir ermitteln, Angelica, es hat jetzt keinen Zweck, über Vermutungen zu sprechen. Wenn wir Genaueres..."
„Also ist was passiert mit der Kleinen. Mich kannst du nicht anlügen, Kommissar. Ich sehe doch, was mit dir los ist. Na, macht eure Arbeit. Aber nehmt vorher noch einen Cortado."
Sie tranken und bedankten sich. Die Deutschen saßen ganz in der Ecke, rechts vom Eingang des Cafés. Günstig, dachte Ribera. Falls jemand stiften gehen will, haben wir zwei das im Griff. Er nickte Anton zu, und der verstand, ohne zu fragen. Er kannte den Chef wie seine Westentasche. Schließlich arbeiteten sie schon zehn Jahre zusammen.
José hatte die Mülltonnen umsonst abgesucht. Nichts, keine Hinweise, erst recht kein Blut und kein Messer. Er informierte seinen Chef und suchte die Calle Piamonte, Haus Nummer 16, auf.
Der wesentlich ältere des Vermieterpaares saß im Büro. Ja, gestern, vormittags, seien sie gekommen, sieben Deutsche. Ordentlich angemeldet und gleich bar bezahlt. Da hänge der Schlüssel für das Apartment C: „Dort sind sie untergebracht. Schauen Sie sich ruhig um."

Sechs: Zunächst leitete José...

Zunächst leitete José die E-Mail mit den Daten der Gruppe an Ribera weiter. Fotos? Videos? Es gab eine Überwachungskamera im Hauseingang und eine im Innenhof. „Stellen Sie mir die Aufzeichnungen seit gestern früh zusammen", befahl er dem Vermieter, „die sehe ich nachher durch, wenn ich mit dem Apartment fertig bin."
„Oje", stöhnte der Vermieter. „Es wird länger dauern, bis ich die Videos durchgesehen habe. Sie werden wohl bis morgen warten müssen."
„Morgen früh!"
„Vielleicht?"
José schloss die Eingangstür auf.
In diesem Moment sagte Ribera zu Anton: „Zugriff!".
Da sackte Joblo, Joseph Block, auf seinem Stuhl zusammen, rutschte seitlich auf das Pflaster der Plaza. Schreien. Chaos.
Minuten später raste Joseph mit Blaulicht auf das Krankenhaus zu, in dem Maria lag. Der Kommissar rief sofort den Doktor an: Lebte sie noch? Wachkoma, bestätigte Pedro Pradello. Joseph sei ebenfalls ohne Bewusstsein.
„Moment, Pedro, ich wäre jetzt dankbar..."
„Ich halte dich auf dem Laufenden. Aber diese beiden Fälle sind äußerst ungewöhnlich. Und ich habe kaum Ärzte. Morgen geht der Streik weiter. Ich brauche dringend Spezialisten. Wann ich die

bekomme... Offen gesagt, ich weiß nichts."
Inzwischen spielten die fünf Deutschen verrückt. Sie schrien durcheinander, wollten in das Krankenhaus fahren und unbedingt auf ihre beiden Freunde Maria und Joblo warten. Dort, im Krankenhaus, nirgendwo anders.
José kam zurück. Auch er konnte ganz gut deutsch. Ist denn während ihres Aufenthaltes irgendwas Merkwürdiges passiert, fragte er die fünf. Nun, rief einer, Maria ist doch gleich beklaut worden, kaum, dass wir angekommen waren. Sicher hat der Halunke ihr Konto abgeräumt. Ein Glück, dass Joseph genug Euros mitgenommen hatte. Er konnte aushelfen. José nahm Ribera beiseite:
„Franjo, hör mal. Es stimmt was nicht. Ich habe im Zimmer von denen, in Maria Blocks Rucksack, ganz ordentlich die Kreditkarte und die anderen Dokumente, Ausweise und all das Zeug gefunden, was angeblich weg sein sollte. Bis auf das Bargeld natürlich. Im Zimmer gab's übrigens Wanzen."
„Wieso steckten alle Dokumente ausgerechnet im Gepäck?"
„Keine Ahnung. Ihr Bauchladen war wirklich komplett leer, als wir sie an den Mülltonnen fanden. Wir dachten sofort, sie wäre Opfer eines Diebstahls geworden, hätte sich gewehrt, die übliche Geschichte."
„Da ist was faul", gab Ribera zu. „Und die Videoaufzeichnungen?"
„Es gibt sie erst morgen früh", winkte José ab. „Der Kerl kommt mit dem Auswerten nicht nach."
Anton hatte mit einem zweiten Handy die Gespräche der Deutschen untereinander aufgezeichnet, weil er mit dem Übersetzen nicht nachkam.
„Morgen stelle ich dir zusammen, was die von sich

gegeben haben."
Ribera nickte. Schon wieder: morgen. Er schaute auf die Uhr. Es war eins.
„Du meinst heute, hoffentlich?"
„Entschuldige", Anton nickte. „Klar, montags, heute. Bald wird uns die treue Anita im Büro beehren. Die muss dann Videos auswerten."
„Ruf sie an, ob sie früher zum Dienst kommen kann. Ich gebe ihr dafür frei."
„Wann? Das wird sie fragen", feixte Anton.
„Ja, was weiß ich. Wenn wir hier schlauer sind."
„Es kann also dauern, oder?"
„Lass' es weg. Aber sie soll früh kommen, eher als üblich. Und wir legen uns ein paar Stunden hin. Bis wir fit sind für Ideen..."
Die deutschen Touristen hatten sich etwas beruhigt und versprachen, brav in ihr Apartment zu gehen, sich aufs Ohr zu legen und – am besten – zu schlafen.
„Wer das nicht kann, geht nochmals alles durch. Seit Ihrer Ankunft. Vielleicht finden Sie noch Details, die uns weiterhelfen", versuchte Ribera sie aufzumuntern. „Sie wissen, oft hängt es an den Kleinigkeiten." Anton übersetzte wortwörtlich.
Die fünf Deutschen trollten sich. Der Platz war inzwischen leer. Tonio winkte Ribera heran: „Ich hab vorhin was vergessen."

Sieben: Es gab noch einen...

„Es gab noch einen, der die Deutschen nicht aus den Augen ließ. Er saß ganz am anderen Ende des Platzes. Den hätte ich gar nicht bemerkt, doch er stand immer wieder auf, anscheinend um pinkeln zu gehen. So alle zehn Minuten." Tonio war aufgeregt.
„Ist das wichtig, Ribera?"
„Ich weiß nichts, Tonio. Wir werden sehen."
Ribera beorderte für den Rest der Nacht einen Streifenwagen vor das Haus mit dem Apartment im Hof, in dem die Touristen hoffentlich schliefen. José sagte: „Einige der Wanzen habe ich gedreht. Wir können wir die fünf beobachten, rund um die Uhr, und ihre Gespräche aufzeichnen."
„Ich will, dass sie früh möglichst lange in der Bude bleiben. Einer von euch sollte vorbeigehen. Welchen Plan haben sie?"
„Sie wollen ins Prado Museum, gleich vormittags."
„Das öffnet um zehn. Beobachte, ob sie direkt dorthin gehen. Und kläre, wie wir sie im Prado überwachen können. Finde heraus, warum dieser Joseph umgefallen ist, wie es ihm geht."
José stöhnte: „Chef, das sind Aufgaben für zwei Tage!"
„Du wirst das schaffen, mein Lieber", klopfte ihm Ribera auf die Schultern. „Mach mal. Denk dran, Anton und ich müssen morgen den Taschendieb

ermitteln, rausbekommen, wer noch auf der Plaza spioniert hat, und Identitäten klären. Weiterhin erwartet mich die Ehre, den Chef zu beruhigen. Er wollte vorhin erste Ergebnisse. Tauschen wir?"
José winkte ab: „Schon gut, hab verstanden."

*

Carlos lag wach in seinem Zimmer. Die kleine Wohnung im gesichtslosen Hochhausblock des Madrider Nordens hatte zwar kaum Platz für die fünfköpfige Familie. Aber er war der „Bringer", und so bekam er das kleinste Zimmer für sich allein. Die Eltern schliefen und wohnten zusammen mit den beiden Kleinen, der Schwester und dem Bruder, im „großen" Nebenzimmer. Dort spielte sich das arbeitslose Leben der Familie ab. Jeden Morgen flog Carlos so früh wie möglich aus, um das Elend nicht mitzubekommen. Kein Geld, nirgends. Essen billig aus dem Supermercado um die Ecke. Und die Hände auf, wenn er kam. Sogar die Kleinen hatten es schon begriffen: Geld gab's nur vom großen Bruder. Carlos schlich auf den Balkon. Er setzte einen Fuß vor die Balkontür ins Freie – als er von einer brutalen Gewalt zu Boden gestreckt wurde. Jemand war über ihm und flüsterte in sein Ohr, flüsterte pausenlos. „Carlos, du mieser Verbrecher, du Dreck. Hintergehst uns, klaust der Hauptperson im Spiel die Kreditkarte, hebst illegal, entgegen der Absprache, Geld ab. Bringst die Hauptperson und ihren Mann um, indem du sie vergiftest. Du hast sie beide auf dem Gewissen, Maria und Joseph. Mann, das reicht für lebenslänglichen Knast. Und den wirst du bekommen, Vögelchen, ganz sicher."
„Was erzählst du, Alter. Lass mich los, komm mit

rein. Das ist Stuss, großer Unsinn. Es war alles ganz anders. Ich habe niemand umgebracht, ich war's nicht."

Der Mann ließ los, zog die Pistole und stieß Carlos ins Zimmer zurück.

„So, ein alter Mann wie ich erzählt Unfug?"

Carlos sah, der Kerl war riesig groß. Natürlich maskiert, die Stimme verstellt. Nein, er redete gar nicht, spielte die Worte vom Handy ab. Vermutlich hatte er geahnt, wie sich sein Opfer rechtfertigte.

„Unfug, was? Du Dreck, morgen haben sie dich, gleich früh. Sie sehen dich auf den Überwachungskameras in der Bude dieser Deutschen und schnappen dich. Dann geht's ab in den Bau. Und zwar für immer, Brüderchen. Du bist der Mörder, dich jagen sie."

Carlos zwang sich nicht zu zittern. Aber „es" war stärker als er. Bloß nicht losheulen.

„Ich bin kein Mörder, ich habe die nicht umgebracht."

„Lügen, alles Lügen. Die Kameras im Apartment beweisen, dass du ihnen auf den Fersen warst, ein gewöhnlicher Dieb, dem alles außer Kontrolle geriet. Das zeigen auch die Kameras in den Straßen Madrids. Du hast sie verfolgt, diese Maria. Und ihr Mann konnte nur durch dein Gift vom Stuhl kippen – wie sonst? Du besitzt doch Drogen?"

Der Riese hob ein Tütchen in die Höhe, ließ es fallen. Er streckte die Hand aus, die plötzlich einen Autoschlüssel hielt:

„Schlüssel nehmen, ins Auto vor der Haustür steigen, und ab nach Portugal. Navi ist eingestellt. Bei Problemen – im Handschuhfach ist ein Handy mit Bedienungsanleitungen. Los, ab. Du hast noch...", der Kerl schaute auf die Uhr, „ sieben Stunden. Muss

reichen. Fährst einfach schneller. Beeil dich, raus hier." Der Mann fuchtelte mit der Knarre. Carlos wimmerte, stammelte: „Dort entlang, durch die Wohnungstür, bitte nicht über den Balkon klettern." Unten stand das Auto, ein Alfa Romeo, schwarz. „Fahr", flüsterte der Riese, „fahr endlich weg, weit weg. Dein Honorar hast du dir ja schon am Automaten geholt. Das Auto ist vollgetankt, weil wir nette Menschen sind. In Lissabon wirst du bei jemand landen, dem du die Karre übergibst. Geld zum Tanken ist im Handschuhfach, darunter liegt ein Zettel. Diese Nummer rufst du an, wenn du vor der Grenze bist. Und tschüss, Mörder."
Jetzt lachte der Mann mit der Strumpfmaske sogar. Carlos verschwand in dem Alfa. Er schwitzte wie im Hochsommer, obwohl es in dieser Nacht im September bitterkalt war. Das Startschloss für den Zündschlüssel – wo war das? Er fand nichts, suchte. Wie startete man dieses Raumschiff? Das Handy im Handschuhfach. Er schaltete es ein. Da stand: Bedienungsanleitung für Alfa Romeo. Geben Sie einen Suchbegriff ein. Starten. Legen Sie den Schlüssel auf den Beifahrersitz. Drücken Sie den Knopf neben der Lenkung. Tatsächlich, der Wagen sprang an. Und das Ausschalten? Wieder den Knopf drücken. Carlos fühlte sich so müde und ausgebrannt, dass er, ohne es zu merken, auf den Nebensitz rutschte und einschlief. Als der Morgen schon graute, schlug er die Augen auf. Fuhr los. Das Handy lag eingeschaltet im Handschuhfach. Neben dem Autoschlüssel. Zum Tanken würde er es brauchen, um seine Nachricht zu senden. An eine ganz andere Nummer.

Acht: Die Metro heulte...

Die Metro heulte, ruckelte und hielt. Endstation. Ribera hastete die Rolltreppenstufen hinauf ins Freie. Wenige Schritte – und er hielt inne auf dem Weg nach Hause. Jemand verfolgte ihn. In der Dunkelheit, die von den Straßenlaternen trüb gebrochen wurde, konnte er nichts erkennen. Aber er spürte den Verfolger, rochierte, wechselte die Straßenseiten, rannte, stand still, betrachtete Schaufensterspiegel – da hinten entdeckte er ihn schließlich. Den Schatten. Ribera nutzte den Heimvorteil. Hier kannte er jeden Winkel. Nach kurzem Spurt warf er sich in den Hauseingang, der etwas niedriger und tiefer war als die anderen, gerade ausreichend für seine einsachtzig mit Schirmmütze und das breite Kreuz, nicht zu vergessen den Bauchansatz. Er entsicherte die Pistole, wartete. Der Schatten kam nicht. Stattdessen ein kaum vernehmbares Winseln dicht neben ihm, an der Straßenfront des Eingangs. Ribera ließ die Waffe sinken:
„Lope? Willst du mich veralbern?"
„Nicht schießen, Francisco. Ich will doch nur... ich muss dir doch..."
„Was willst du, Lope? Ich bin müde, lass mich ein paar Stunden schlafen, und wir klären das ... nachmittags. Wie ausgemacht."
„Es ist aber passiert... Wir schreiben es gleich früh in der Zeitung. Zwei Tote und keine Erklärungen der

Polizei, das schreiben wir. Mein Chef hat mir die Pistole auf die Brust gesetzt. Entweder Entlassung oder diesen Bericht. Wir müssen in der Redaktion zehn Leute rausschmeißen, keiner weiß, wen es treffen soll. Also, er hat mich erpresst. Und ich habe recherchiert – im Krankenhaus. Und ich schreibe über die zwei Toten. Weil sie im Koma liegen und so gut wie tot sind. Sie sterben auf jeden Fall, sagt der Assistenzarzt."

„Ihr seid verrückt, Lope. Auf jeden Fall - Blödsinn. Ihr hetzt uns die Medienmeute auf den Hals. Diesen Wahnsinn verantwortest du, ganz persönlich. Eins ist ganz klar: Von mir wirst du nichts mehr erfahren. Wir hatten Stillschweigen vereinbart. Freunde halten sich an sowas."

Ribera stockte einen Moment.

„Außer..."

„Was kann ich tun, Franjo, was, sag doch, ich mach alles für euch."

„Ja, du wirst für mich Sonderaufgaben übernehmen. Erstens, den Zeitungsreport auf mein Handy, und zwar sofort. Zweitens, Wache im Krankenhaus bei den beiden und stündlich Berichte über ihren Zustand. Kläre mit deinem Chef, dass du minutiös und pünktlich an mich berichtest. Und ich will alles weitere, was ihr über diese Verbrechen schreibt, vor der Veröffentlichung lesen."

„Das geht zu weit, und du weißt es, Francisco."

„Gut, ich kann dich auch abknallen. Für mich heißt das Notwehr." Ribera zückte seelenruhig die Pistole und entsicherte.

„Nein, alles klar, mein Bester. Es wird so geschehen, wie du es wünschst."

„Dann sind wir uns ja einig", erwiderte Ribera. „Troll dich jetzt und lass mich in Ruhe."

„Wir können doch wieder mal zum Stierkampf..."
„Du berichtest wie abgemacht, verstanden? Nichts weiter. Übrigens, wie sieht er eigentlich aus, dieser Joseph? Warum liegt er im Koma? Hat er Verwundungen?"
„Ich höre nur, dass sie unerklärliche Blutdruckschwankungen registrieren. Keiner weiß, weshalb das so ist. Mal liegt er wie im Sterben, mal normalisiert sich alles für kurze Zeit. Dann geht's von vorn los. Und sein Aussehen? Mies, sag ich dir, mies. Das ist es doch: eine Leiche – ohne Bewusstsein."
Der Kommissar schob den Reporter beiseite. Er wechselte die Straßenseite und verschwand in der Siedlung mit den hübschen, kleinen Stadtvillen. Morgen, sagte er sich, regeln wir das.

Neun: Der Morgen begann schon

Der Morgen begann schon. Zu Hause glühte der Anrufbeantworter. Wenigstens schlief Anna, die Frau des Kommissars, fest. Ribera hörte die Anrufe ab. Der Chef. Nachts am Apparat. Sofort melden, bellte der Hörer. Was ist das für ein Mist mit dem Leitartikel in der heutigen Zeitung? Seid ihr irre? Wofür bezahle ich euch? Du bezahlst uns, murmelte Ribera bitter. Aus eigener Tasche. Uns Staatsdiener, Kriminalbeamte. Die Betonung liegt bei euch immer auf dem Wort Beamte. Die Arbeit – Bagatelle. Fälle – so schnell wie möglich lösen. Wie, interessiert euch nicht. Wer, interessiert euch nicht. Nur wenn was nicht klappt, kann man euch nicht überhören, so laut schreit ihr. Ribera sah aus dem Wohnzimmerfenster des Hauses, das einmal seinen Eltern gehört hatte, als sie noch lebten. Jetzt waren sie längst unter der Erde. Anna und er hatten modernisiert, das Dach zu einer Wohnung ausgebaut, und der Untermieter trampelte ihnen seither morgens und abends auf dem Kopf herum. Dafür zahlte er die Miete pünktlich, der junge Student an der Uni Madrid. Was studierte er eigentlich, dieser Kerl? Verdrehte am Ende seiner Tochter den Kopf, wenn sie mal am Wochenende einzog? Anna würde es wissen, sie merkte sich alles. Er, Ribera, nicht. Der Job forderte seinen Kopf – vollinhaltlich. Da blieb kein Restspeicher für Privates. Für fast nichts Privates. Er streckte sich und bezog seinen Platz auf der Couch. Anna wollte er nicht stören, die ihre Nachtruhe brauchte, um Tag für Tag im Büro Buchhalterin zu spielen. Es hatte sich so ergeben mit den Jahren, besonders seit die beiden Kinder aus dem Haus waren – die Wochenendtochter und der Sohn. Getrennte Schlafzimmer, Stress mit der Arbeit – ein Dauerzustand. Manchmal zählten sie die Jahre, die sie noch arbeiten mussten. Es waren einfach zu viele. Neuerdings bestand auch noch Verlängerungsgefahr, weil die Wirtschaft des Landes kriselte. Ihre Freunde sprachen vom zweiten Griechenland und von der Rente mit siebzig. Ribera fischte die Flasche mit dem Gemüsesaft aus dem Kühlschrank und trank sie leer. Er schlief ein. Es war drei Uhr. Die Träume kamen sofort. Unheilvolles mischte sich mit Verstörendem. Menschen flogen, andere rannten um ihr Leben. Er klemmte überall dazwischen und konnte niemand festhalten. Bis einer auf ihm hockte und zudrückte.

Zehn: Der Wecker klingelte...

Der Wecker klingelte um sieben. Das Telefon auch. Anita war schon im Büro. Und sie hatte einiges zu berichten. Während Ribera mit der Metro ins Kommissariat fuhr, hörte er ihre Nachricht auf dem Handy. Der Apartment-Einbrecher konnte mit den vom Vermieter übermittelten Videos als der „einschlägig bekannte" Taschendieb Carlos Hidalgo, 18 Jahre, identifiziert werden – Angaben zum Täter lagen inzwischen lückenlos vor. José hatte dessen Wohnung bereits inspiziert, er war noch beim Suchen. Eine Tüte Koks fand er in Carlos' Zimmer, sonst waren noch ein paar Spritzen, benutzt, zu sehen – wichtig für den DNA-Abgleich mit den Opfern. Daran arbeitete das Labor bereits.
Spuren vom Flüchtigen ermittelte Anton über Carlos' Handynummern. Sie orteten einen schwarzen Alfa Romeo – das Kennzeichen war bekannt, durchgegeben an die örtlichen Polizeistellen vor der portugiesischen Grenze, die das Fahrzeug eindeutig ansteuerte. Der letzte Grenzort bereitete sich auf den Zugriff vor, den Anton überwachte.
Fazit Anitas: Wir haben den Täter. Die DNA-Analyse würde Carlos zweifelsfrei überführen. Carlos könnte Maria mit diesen Spritzen gezielt verletzt haben – mit Tötungsabsicht.
Und Joseph? Ribera, 'raus aus der Metro und auf

dem Weg ins Büro, schüttelte den Kopf. Der war einfach vom Stuhl gerutscht – steckte dieser Carlos dahinter, von fern? Esoterik? Anton, José und Anita hatten selbstverständlich auch dafür eine Erklärung. Es gäbe ja einschlägig bekannte Mittel mit Spätwirkung. Reste würde die Spritzenanalyse nachweisen. Sicherlich hatte Carlos das Opfer Joseph irgendwann am Sonntagnachmittag mit Maria zusammen erwischt und ihn eben anders präpariert als sie. Ribera schüttelte wieder den Kopf. Das geht zu schnell, viel zu schnell.
Hauptkommissar Orton wartete schon in Riberas Büro. Hastig berichtete der, die „Zielperson im Griff" zu haben. Carlos sei aufgespürt und hätte keine Chance zu entkommen. In den nächsten Stunden werde er, eindeutig der Täter, gefasst. Heute, am Mittag, könnte die Öffentlichkeit in einer mit dem Reporter Lope Schultz vereinbarten Sonderausgabe informiert und beruhigt werden. Dann sei der Mörder bereits in Untersuchungshaft.
Auf den Einwand des Chefs gab Ribera zu Protokoll, er habe seit Bekanntwerden der beiden versuchten Morde die Ermittlungen lückenlos und „zeitintensiv" vom Handy persönlich geleitet und koordiniert. Das könne er gern anhand der Anrufaufzeichnungen beweisen. Ja, auch während der gesamten Nacht. Es bestehe kein Grund für Zweifel an seiner „Kompetenz". Der Chef wiegte den Kopf.
„Präsentieren Sie das überzeugende Geständnis heute noch, Francisco", forderte er. „Dazu rate ich dringend, denn wir haben den Beauftragten der deutschen Botschaft schon im Haus. Verstehen Sie? Ich muss dem sonnenklare Auskünfte liefern, diesem deutschen Beamten, mit allen Nachweisen, Protokollen und vor allem schriftlich. Lassen Sie

Ihre Mitarbeiter Abschriften produzieren, und zwar ganz schnell."
„Ich werde es veranlassen, Hauptkommissar." Ribera instruierte Anita per Telefon.
„Dann übermittle ich dem Deutschen jetzt Ihre Story?", fragte Orton.
Ribera zögerte und nickte. Der Chef registrierte das bekannte Zögern seines Kommissars. Er wusste, wie langsam Francisco Ribera als Ermittler vorging – Freunde fanden das gründlich. Ihm war es zu gründlich.
Feinde spitzten zu: grüblerisch, abwartend, komme mühselig zum Erfolg. Je älter er werde, desto weniger zupackend trete er auf. Ein Pedant sei der einstige Starermittler geworden, der jeden Tatbeweis wendete wie einen auszugebenden Cent.
Freunde sagten: ein hundertprozentiger Problemlöser, der nicht erstem Anschein vertraue, er prüfe einfach alles, lückenlos. Und besonders beispiellos: die Intuition.
Völlig daneben, erwiderten die Feinde, er kann sich ja nie entscheiden, welche Spur er zuerst verfolgt. Am Ende ist es mit zunehmendem Alter die falsche. Bei Jungen heißt es immer: Learning by doing – hier geht es um try and error, und der Irrtum potenziert sich mit den Jahren.
Der Hauptkommissar hatte jedenfalls vor längerer Zeit entschieden, Riberas Fälle genau unter die Lupe zu nehmen. Auf der gesamten Marathondistanz, fügte der frühere Leichtathlet hinzu. Er würde finden, was er suchte – sei es ab Kilometer 40. Da las er im Protokoll der Gerichtsmedizin: Ergebnisse der DNA-Analyse negativ. Und brummte:
„Das merk ich mir mal."

Elf: Sie hatten die Nacht...

Sie hatten die Nacht hindurch nur geredet, auf den Betten liegend, die auf dem Zimmerboden im Apartment ausgebreitet waren. Jochen stellte, als einen Moment Stille herrschte, die Frage: „Kennst du nicht diesen Ermittler, den Kommissar, der uns auf dem Platz verhörte, Jan? Ich hatte so einen Eindruck."
„Woher soll ich den kennen?", Jan errötete, weil Jochen ihm fest in die Augen sah.
„Du meinst das Buch. Die großen Ermittler Europas, erschienen vor zehn Jahren. Dort steht er unter dem Stichwort Madrid. Der Kommissar heißt Francisco Ribera, und sie schätzen ihn außerordentlich intelligent ein. Er hat die verrücktesten Fälle gelöst, alle, ohne Ausnahme. Beispiel: der Serienmörder von Madrid. Sieben Frauen hatte der auf dem Gewissen, jede auf andere Art ermordet. Ribera bekam heraus, dass der Mörder ein Geliebter der ersten Getöteten war, die wurde erdrosselt. Da hatten sie bereits den Falschen eingesperrt. Einen Tag vor dessen Verurteilung rollte der Kommissar den Fall völlig neu auf und präsentierte einen bis dahin unbekannten Zeugen. Der identifizierte den Geliebten der Frau Nummer eins. Schon damals setzten die Ermittler Handys ein, die sie präparierten und abhörten. Da besaß noch niemand solche Dinger. Der Fall erregte riesiges Aufsehen."
„Also wird er ja auch unsere Mordversuche schnell

aufklären", sagte Jochen. „Was meint ihr?"
Carmen und Ellen waren skeptisch. Jana bewunderte Jan für seine Bücherkenntnis und glaubte ebenfalls an die schnelle Auflösung. Jan schwieg.
Über den Tagesverlauf für Montag gab es auch Streit. Carmen wollte unbedingt in das Museo del Prado, Jana und Jan ebenfalls. Ellen und Jochen dagegen stritten vehement für den sofortigen Besuch im Krankenhaus. „Das können wir noch nachmittags, bei denen vorbeigehen und dort sinnlos rumsitzen", maulte Carmen. „Die kriegen ja eh nichts mit." Jochen fand diesen Gedanken empörend. Freunden musste man doch zeigen: Wir kümmern uns.
„Zeig mir das mal", gab Carmen sarkastisch zurück. „Du kannst nicht mal ohne Hilfe deine Sachen zusammensuchen. Da kümmere ich mich – allein. Und du? Fragst mich ständig, wo dein Zeug liegt."
Ellen hielt den Vergleich für nicht zulässig. „Das ist doch ganz was anderes, Carmen. Hier geht es um Leben und Tod, nicht um ein paar belanglose Sachen."
„Belanglos? Seit vierzig Jahren suche ich dessen Krempel, das ist überhaupt nicht mehr belanglos."
„Streitet euch darüber doch selbst. Erkennst du nicht, welche höheren Werte im Spiel sind? Jahrzehntelange Freundschaft, durch dick und dünn. Und du redest von Socken."
„Von Sachen, nicht bloß von Socken."
„Trotzdem. Der Prado ist in dieser Situation nicht angemessen."
„Für mich schon. Und ich werde gehen. Pünktlich um zehn stehe ich vor der Tür, genau zur Öffnungszeit. Wer kommt mit?"

„Zunächst gehen wir frühstücken", ordnete Jan an.
„Casa de Jambon – das Schinkenhaus wartet. Es gibt Sandwiches und Cortado, beides für je einen Euro. Besser und preiswerter können wir uns hier nicht den Bauch vollschlagen."
„In dieser Situation hast du wirklich Hunger?", fragte Ellen. „Mir ist einfach nur schlecht."
„Erst recht in dieser Situation", befahl Jan. „Wir helfen den beiden im Krankenhaus nicht, wenn wir auch noch durchhängen."
„Kennt jemand die Adresse des Krankenhauses?", fragte Jochen.
Alle schüttelten den Kopf.
„Müssen wir noch rausbekommen", antwortete Jan. „Ich rufe im Kommissariat an."
„Womit rufst du denn hier an?", fragte Jochen misstrauisch.
„Gestern habe ich mir eine Sim-Karte im Lottoladen gekauft – es funktioniert. Prepaid, und die Tarife sind günstig."
„Manchmal könnte man denken, du steckst mit diesem Kommissar unter einer Decke", hakte Jochen nach.
„So ein Unsinn", empörte sich Jana. „Wie soll Jan denn das anstellen? Er ist doch genau so fremd hier wie du."
Sie verließen ihre Wohnung. Der Vermieter wartete schon im Innenhof auf sie.
„Ich soll Ihnen zwei Zettel geben", sagte er. „Die Adresse vom Krankenhaus und die Telefonnummer. Dazu die Wegbeschreibung. Das brauchen Sie doch heute, oder?"
Während Jan nickte, die Zettel einsteckte und weiterging, schüttelte Jochen den Kopf. Er konnte nicht behaupten, dass ihm diese Sache geheuer war.

Beim Schinkenbaguette ging der Streit weiter. Prado oder Krankenhaus? Die Fronten verhärteten sich. Jan zeigte auf seinem Handy, dass sie ab 18.00 Uhr kostenlos in das Museo del Prado gehen konnten. „Dann treffen wir uns eben um diese Zeit im Museum", schlug er vor.
„Wo?"
„Im schwarzen Saal. Goya. Pläne, wie ihr dort hinkommt, gibt es an der Museumskasse."
Jochen und Ellen wollten ins Krankenhaus. Carmen, Jana und Jan hielten am Prado-Besuch fest. Die Stimmung war mies, und das blieb sie.

Zwölf: Sehr gut inszeniert...

Sehr gut inszeniert, dieser Streit, lobte der Vorgesetzte. Carlos' Ausfall ist sofort kompensiert vom Riesen. Vorzüglich, wie schnell er beim Vermieter die Adresse des Krankenhauses abgeliefert hatte.
Der Untergebene strahlte. Ich muss aber darauf hinweisen, dass wir die Truppe nicht lückenlos beobachten können. An einigen Stellen fehlt es in Madrid noch an Überwachungskameras.
Hauptsache, es klappt im Museum und im Krankenhaus, sagte der Chef generös. Übrigens, mussten diese beiden Unfälle sein, ich glaube nicht, wer war denn dafür verantwortlich, klären Sie das mal auf.
Da sind wir dran. Auch im Apartment ist alles abgesichert; wir kommen bestimmt der Lösung näher. Einer der Mitarbeiter aus dem Kommissariat hatte zwar ein paar Wanzen ausgetauscht, aber ich fand inzwischen die Schaltung über deren Server heraus. Außerdem sind unsere wichtigsten Kameras nicht entdeckt worden. Es handelte sich um unbedeutende Türwächter. In diesem Bereich ist eh wenig passiert. Warum aber sollen für uns gerade diese sieben Ex-Ostler wichtig sein?
Höhere Interessen. Die waren alle einmal operative Vorgänge. Maria und Joseph, in der DDR echte Staatsfeinde, planten die Republikflucht – länger als

die anderen. Carmen und Jochen, Jan und Jana waren die nächsten. Nur Ellen verweigerte sich, aber sie war sehr zeitig Mitwisserin. Und den Hehler trifft es wie den Stehler, klar?
Maria ist der OV Madonna – sie stand mit einem Blumenstrauß vor der Villa des Feindes Robert Havemann. Wir entfernten sie aus der Partei, deren Mitglied sie damals war, und versetzten sie umgehend in einen Bauzug, das Auffangbecken für derartige staatsfeindliche Elemente.
Joseph, der OV Bullerjan, war der erste von allen sieben, der unverhohlen äußerte, bei nächster Gelegenheit abhauen zu wollen. Ihn lernte Madonna im Bauzug kennen. Wir organisierten eine enge Verbindung, die sogar in der Heirat münden konnte. Das war nicht einmal so geplant.
Jochen, OV Zinnsoldat, kommt aus einem rechten Elternhaus, das der alten Zeit anhing. Er ging nicht wählen und betrieb offene Staatshetze. In seiner Freizeit sammelte er diese revanchistischen Krieger aus Zinn. Über dessen Fluchtpläne waren wir eigentlich recht froh.
Seine Frau Carmen – OV Walküre – besuchte an der Seite ihres im Theater als Requisiteur angestellten Mannes, regelmäßig Premierenfeiern von Opern- und Operettenaufführungen. Sie fiel durch häufige staatsfeindliche Reden auf.
Jana, ihre Schwester, rutschte in diese Kreise, verhielt sich aber unauffällig.
Jan, ihr Mann, OV Armist, wollte in der Partei opponieren. Er verweigerte Kampfgruppenmitgliedschaft und Parteischulbesuch. Deshalb zogen ihn die zuständigen Stellen im Wehrkreiskommando mehrmals ein – als Reservist in die Armee. Über den

zunächst schlechten Einfluss der Walküre und des Zinnsoldaten, später auch der Madonna, kam es seinerseits zu immer schärferer Kritik des real existierenden Sozialismus.

Ellen, OV Malerin, ist die Schulfreundin der Carmen – beide befreundeten sich mit der in R. verheirateten Madonna. Wir bearbeiteten deren damaligen Mann, der auch aus R. stammte, sich bald scheiden zu lassen, denn diese Maria Block war auf der extrem schiefen Bahn angekommen. Ellen verbreitete in R. beständig feindliche Parolen, hetzte Menschen gegen den Staat auf und veranstaltete ungenehmigte Zusammenrottungen staatsfeindlicher Elemente.

Diese Einschätzungen treffen auf Millionen Bürger der früheren DDR zu.

Ja, mit einigen Unterschieden. Schon bald sickerten Anzeichen von Republikflucht-Planungen durch. Dazu kam es dann im Oktober 1989 – beteiligt waren Maria und Joseph, Carmen und Jochen, Jana und Jan. Ellen wusste von den Plänen, verweigerte dazu aber jegliche Aussagen. Sie konnte als Fluchthelferin bezeichnet werden, obwohl sie selbst keinesfalls die DDR verlassen wollte. So war sie die Einzige, die damals nicht nach Ungarn mitreiste. Dorthin brachen die sechs mit den Kindern der Walküre und des Zinnsoldaten, der Jana und des Armist auf. Das waren vier – zwei Mädchen, achtzehn und dreizehn Jahre alt, und zwei Jungen, fünfzehn und elf Jahre.

Sie alle wollten nach ihrer Ankunft in Budapest sofort ins Auffanglager. So war es ursprünglich geplant, doch dann kniffen Jana, Jan und ihre Kinder. Die anderen ließen sich vom Lager über Österreich nach Gießen transportieren – mit einem Reisebus.

Diese Busse stellten sie damals täglich für
Flüchtende zusammen. Als die Truppe ihr Ziel im
Westen erreicht hatte, suchten eine Woche später
auch Jan und Jana mit ihren Kindern das Lager auf.
Am nächsten Tag verließen sie es jedoch, weil Jan
vor Angst kollabierte, und fuhren mit einem
halbleeren Zug in die DDR zurück. Hier wurden sie
zwar von uns erfasst, aber nicht kontrolliert. Wir
organisierten, dass sie nach der Rückkehr in ihre –
von Freunden vorschnell ausgeräumte – Wohnung
herzlich vom Leiter der Hausgemeinschaft begrüßt
wurden. Leider wiesen sie diese Art der Begrüßung
zurück.
Damals gab es also hunderttausende Staatsfeinde?
Ja, so war die Lage. Müsste dir allerdings gut
bekannt sein.
Wie erfasst man deren Daten? Mir sind immer nur
Vorgänge – einzeln – übermittelt worden.
Nun, mit einem lückenlosen System. Das
funktionierte durchaus noch nach der Wende.
Konkret bis zum Dezember, als zahlreiche Kader im
Apparat die 50.000 Mark Startgeld für den Aufbau
einer neuen Existenz erhielten. Damit haben wir uns
ja schließlich diese Firma für Spezialdienste
geleistet.
Und wo sind die Daten jetzt? Vernichtet?
Mitnichten. Alles, was ich dir eben berichtete, habe
ich extern gespeichert – zusammen mit vielen
tausend anderen Fällen versuchter und realisierter
Republikflucht. Ich hoffe, etliche von diesen
Verrätern noch nachträglich ihrer gerechten Strafe
zuzuführen. Und sei es auf meinem eigenen Weg.
Wir beide sind doch in den letzten zwei Jahrzehnten
gut damit gefahren. Oder etwa nicht?
Das ist Wahnsinn! Ich verstehe Ihre Wut nicht. Sie

kriminalisieren ja die Masse des DDR-Volkes!?
Kriminalisieren? Übertreib nicht. Woher kommt
deine Erregung? Wir haben 1990 ermittelt, dass
höchstens 15 Prozent der DDR-Bürger Staatsfeinde
waren. 85 Prozent ließen sich nichts zu Schulden
kommen. Mit denen hätten wir eigentlich jede Wahl
gewinnen können, wenn es so gelaufen wäre wie in
anderen Ostblockstaaten. Aber die feindlichen
Medien drangen zu stark in die DDR ein und
verhinderten das Votum der DDR-Bürger, das sie im
März 1990 eigentlich, tief im Inneren, abgeben
wollten.
Wie meinen Sie das? Die haben doch ganz klar
Allianz und deutsche Einheit gewählt?
Ja, weil sie schlauer als wir sein wollten. Wir haben
ihnen doch immer gesagt, dass den Kapitalismus
brutale Ausbeutung und Arbeitslosigkeit
auszeichnen. Alles durften sie dann am eigenen Leib
erfahren, als es für die richtige Wahl zu spät war.
Frag sie heute mal: Wenn sie ganz ehrlich antworten
könnten – sie würden alle DDR wählen.
Alle? Das Land gibt es nicht mehr – wie wollen Sie
einen untergegangenen Staat zur Wahl stellen?
In diesem kapitalistischen System nicht. Aber wer
sagt, diese Gesellschaftsordnung sei die einzig
rechtmäßige? Ich halte sie nur gezwungenermaßen
für rechtmäßig. Und viele andere unserer
ehemaligen Menschen auch.
Sie sind ein Ewiggestriger.
Und du bist ein Anpasser. Springst einfach auf den
neuen Zug nach Westen.
Sie sind auch ganz gut gesprungen. Wir zwei
Springer. Schachfiguren im unbekannten Spiel. Mit
bekanntem Ausgang.
Ahnungsloser. Beobachte endlich unsere operativen

Vorgänge weiter, los.
Sie meinen die auf dem Boden des Grundgesetzes stehenden deutschen Touristen, die Sie hinterrücks überwachen lassen?
Dieser Satz wird für dich Folgen haben. Das verspreche ich schon mal. Wenn die Aufgabe gelöst ist, bist du dran.
Freut mich.
Ganz meinerseits.
Auf dem Bildschirm flimmerte:
Neue Nachricht! Sofort lesen.

13: Der Monitor bewies...

Der Monitor bewies die stetige Fortbewegung des Blinkpunktes. Die E 90, Fernverkehrsstraße V, von Madrid nach Lissabon, auf der dieser Punkt vorwärtskroch, war deutlich zu erkennen. Das Lämpchen rückte auf Merida vor und stockte plötzlich kurz vor dem Abzweig zur Fernverkehrsstraße 630, der E 803.

„Der wird doch nicht halten", sagte Ribera.

„Hier wollen wir ihn stoppen", erläuterte Anita. „Die Kollegen haben eine Straßensperre gezaubert. Im Grenzort nach Portugal, in Badajoz, brauchen sie noch Zeit, um den Zugriff zu sichern."

„Wie weit ist es bis dahin?", fragte der Kommissar.

„Sechzig Kilometer", erwiderte Anita. „Jetzt fährt er weiter nach Süden. Er muss eine Umleitung um die Sperre über Almendralejo fahren und von dort auf die 432 nördlich nach Badajoz. Hier seht ihr ein zweites Lämpchen – die Kollegen aus Merida hängen sich mit einem Zivilfahrzeug an Carlos. Sie haben ihn."

„Und wenn er Rosal ansteuert?"

„Rosal ist informiert, und wir gewinnen Zeit. Von dort hätte er es weiter bis Badajoz."

„Und wenn er einen Fehler macht, nach 350 Kilometern überreagiert und in Richtung Sevilla rast? Wenn er dort untertaucht oder nach Cadiz zum Hafen fährt?"

„Chef, das kriegen wir raus. Rechtzeitig. Wir schnappen ihn. Ehrenwort."
Anita verpflichtete sich, sofort über Änderungen der Carlos-Fahrtroute zu informieren.
„Weiter. Was ist mit unseren Deutschen?
„Es gab heftigen Streit heute Morgen. Beim Schinkenimbiss verkündeten zwei, unbedingt ins Krankenhaus zu wollen. Sie sind jetzt auf dem Weg dorthin."
„Woher haben sie denn die Adresse? Wir wollten sie doch unbedingt verschweigen, damit sie alle wie geplant zum Prado gehen."
„Gute Frage. Der Streit ging schon morgens im Apartment los. Beim Weggehen sahen wir den Vermieter mit zwei Zetteln, die er Jan in die Hand drückte."
„Könnt ihr feststellen, wo die her sind? Kann er nicht selbst geschrieben haben, denn er war doch gerade im Büro mit allerhand Tageskram beschäftigt."
José schlug vor, den Vermieter aufzusuchen, um festzustellen, von wem er die Zettel hatte. Falls es eine bestimmte Person sei – „Du denkst doch an den Riesen, Ribera" – würde er sich um die genaue Beschreibung kümmern, möglichst auf Videobildern, zum Beweis.
„Prüfe auch die Videoaufzeichnungen von Chueca gestern Nacht. Ich hab wirklich so ein Gefühl..."
„Deinen Gefühlen soll gebührend Platz eingeräumt werden", flachste José und ging.
„Der erste Ort auf portugiesischer Seite...", hakte Ribera bei Anita nach.
„...ist Elvas. Die sind informiert und bereiten sich vor. Sie machen mit."
„Na dann. Ich geh in den Prado. Mein alter Freund Goya wird mich treu erwarten."

Vor dem Weggehen stellte Ribera noch die übliche Frage:
„Wie stimmen wir uns unterwegs ab?"
„Jeder hat sein Handy. Wer nicht reden kann, schickt sofort eine SMS."
Dann fiel dem Chef noch ein:
„Wo ist Anton?"
„Schon auf dem Weg ins Krankenhaus zu Lope. Er fängt die beiden Besucher ab."
Ribera nickte.
Die Truppe reagierte zuverlässig. Aber sie hatten es nicht im Griff. Er fühlte es.

14: Lope saß...

Lope saß auf einem Seitenplatz im Besuchereingang des Krankenhauses und telefonierte.
„Chef, stell dir vor, Manuel, ich bin drin. Im Ermittlerteam von Ribera, dem Kommissar im Fall der zwei Toten von gestern, äh, der Scheintoten. Ich setzte ihm einfach die Pistole auf die Brust, nachdem ich ihn abends am Metro-Ausgang abgepasst hatte. Entweder du nimmst mich ins Team, schrie ich, oder ich zeig es dir auf eigene Faust. Da ist er dann eingeknickt. Die Superchance, stimmt's?"
Der Chef antwortete sehr mürrisch:
„Das könnte vielleicht den Ärger begrenzen. Die deutsche Botschaft macht hier seit heute früh Druck. Was wir uns einbildeten, über Tote zu berichten, die noch lebten. Gibt es wenigstens was Neues?"
„Sie leben immer noch, Chef."
„Tolle Neuigkeit, du Nase. Dein sogenannter Überfall auf den Kommissar hört sich ja nett an, aber jetzt musst du liefern. Und zwar sofort, verstanden? Damit diese Korrekturen, die wir heute kleinlaut drucken, ganz schnell vergessen sind. Und die Auflage nicht gegenüber der Konkurrenz sinkt. Wir waren die ersten, Schultz. Mit dieser Fehlmeldung sind wir nun Letzte. Da holst du uns raus. Das ist die letzte Chance für dich. Kapiert?"
„Ja, Chef, wird erledigt."

„Morgen, spätestens mittags, liegt mir dein neuer Bericht vor – eine Top Story für Seite eins. Die aber diesmal stimmt, klar?"
„Gut, Chef, natürlich."
Der Chef legte auf. Lope zitterte noch, als er plötzlich die zwei Deutschen an der Rezeption erkannte. Er hörte, dass sie zu Maria und Joseph wollten. Einmalig, da war sie, seine Gelegenheit, etwas für den Chef und den Kommissar zugleich regeln zu können. Aber wie sollte er eine neue Story so schnell mit Franjos Kommissariat abstimmen? Ohne Genehmigung durfte er nichts bei seiner Redaktion einreichen. Die Deutschen konnten sich am Tresen nicht verständigen. Offenbar fehlten ihnen auch Englischkenntnisse. Zeit für Lope, sich einzuschalten, denn er verstand gut deutsch. Er hatte eine Zeitlang als Korrespondent seines Blattes in München gearbeitet. Die Schwester an der Empfangstheke führte die drei zur Intensivstation. Dort übergab sie an die diensthabende Stationsschwester:
„Zimmer 125. Aber nur fünf Minuten."
Lope erklärte den beiden:
„Zu sehen gibt es für Sie wenig. Maria und Joseph sehen aus wie tot. Aber, glauben Sie mir, die leben wirklich. Beobachten Sie die Augenwinkel. Da erkennen Sie von Zeit zu Zeit ein Blinzeln. Vielleicht schlägt auch sie, oder er, mal kurz die Augen auf. Mehr können Sie allerdings nicht erwarten."
Ellen und Jochen waren verstört, als sie vor den Betten standen. Gut, wächsern sahen Maria und Joseph Block nicht aus. Aber sie ließen auch kein Zeichen von Leben erkennen, zwischen all den Schläuchen, Apparaturen und Messgeräten. Hoppla,

ein Blinzeln. Ellen lächelte. Jochen stupste Maria an. Stöhnen. Er zuckte nervös zurück. Ellen berührte vorsichtig Joseph. Nichts. Lope hatte draußen gewartet. „Und? Ich hatte doch Recht, oder? Wie gut kennen Sie die beiden eigentlich, sind Sie verwandt?" Er zückte seinen Notizblock. Solche Äußerungen erfasste er immer ganz konventionell, ohne Tablet.

15: Die unendliche Traurigkeit...

Die unendliche Traurigkeit des Seins. Anita wischte die Träne aus dem Auge. Hatte Ribera nicht gespürt, wie sie alles nur für ihn vorbereitete? Wie perfekt sie Carlos' Identität aus dem Computer herausholte, sein Handy zuordnete, die Nummer identifizierte? Die Route nachvollzog, auf der er flüchtete? Er hatte es ja bemerkt, ihr kurz zugelächelt beim Weggehen. Und das flüchtige Streicheln ihrer Schulter. Mehr durfte sie nicht erwarten. Ein seit Jahrzehnten glücklich verheirateter Mann, den sie vor Jahren kennenlernte. Damals begann sie, als Kriminalassistentin in diesem Kommissariat zu arbeiten. Warum war ihr das mit dem Verlieben passiert?
Plötzlich sah sie auf dem Monitor: Der Punkt stand still. Nichts blinkte. Sofort rief sie die Verfolger an. „Er hat überreagiert", schrie der Streifenpolizist. „Ist auf einen Gehweg zugerast. Wir kommen da mit unserem Auto nicht hin. Zentrale ist verständigt."
Anita fluchte.
„Und sein Handy?"
„Hat er offenbar weggeworfen."
So ein Mist. Anita überlegte fieberhaft. Sie mussten ihn fassen. Ihr Versprechen würde sie halten, auf jeden Fall.
Riberas Handy klingelte. Unbekannter Anrufer. Er

nahm ab.
„Ribera? Hier Carlos. Sprechen wir ungestört, ohne Überwachung?", sagte die bekannte Stimme.
„Klar. Sei unbesorgt." Ribera schaltete schnell die Aufzeichnungsfunktion ein.
„Keine Verfolgung, keine Tricks. Ich will freie Fahrt. Drei Geiseln habe ich. Die kleine Tochter des Bauernpaares spürt meine Giftspritze am Hals. Verhindere, dass ich zusteche! Du kannst es als Einziger!"
„Ruhig, Carlos, ganz ruhig. Mach keinen Fehler. Ich helfe dir."
„Schalte die Videofunktion ein. Du kannst sehen, dass ich dir keine Märchen erzähle. Hier ist das Mädchen, siehst du die Spritze?"
„Ja, ich sehe alles, ganz ruhig. Carlos, bitte. Keine Reaktion, die du später bereust."
„Kommissar, du glaubst mir also? Ich bin kein Mörder."
„Nein, Carlos. Wir haben ja nur ermittelt. Wenn du das nicht möchtest – werden wir uns daran halten, selbstverständlich."
Ribera überlegte, bevor er ergänzte:
„Carlos, gib mir fünf Minuten. Dann ruf ich dich an, und du hast freie Fahrt, ohne Verfolger. Ich kläre das jetzt und melde mich wieder bei dir. Zeig mir die Nummer an."
„Die Nummer? Damit ihr mich aufklärt und zusammendrescht? Die Bauersfrau wird dir die Nummer sagen, von ihrem Handy, mehr nicht."
Ribera hörte eine leise, feste Stimme. Er schrieb schnell mit.
„Bitte, retten Sie meine Tochter!", flehte die Frau noch.
„Ja, wir werden alles ..."

„Fünf Minuten, keine Sekunde länger!", schrie Carlos dazwischen.
„Ja, Carlos, und du bist bestimmt kein Mörder."
Ribera beendete das Gespräch und rief Anita an.
„Es läuft schief."
„Ich weiß schon, der Punkt rührt sich nicht. Carlos ist geflohen, die Streife folgt ihm nicht mehr."
„Eben rief er mich an. Drei Geiseln hat er in einem Bauernhaus. Er will freie Fahrt. Ruf die portugiesischen Kollegen an und die an der spanischen Grenze. Wir blasen alles ab. Sie sollen ihn durchlassen. Kein Zugriff, klar?"
„Gut, gut. Das ist ja schrecklich. Ich sag denen Bescheid."
„Kein Zugriff!", brüllte Ribera.
„Ja", erwiderte Anita verängstigt, „Ein Rückschlag."
„Allerdings. Bist du traurig?"
„Ich glaube inzwischen auch nicht, dass er der Täter ist."
„Das läuft alles unter der Rubrik Notwehr. Er muss über sein Handy mit mir im Kontakt bleiben. Das ringe ich ihm ab."
Anita beruhigte sich. Ribera hatte wie immer die besten Einfälle.
Pünktlich rief der Kommissar zurück. Er ließ Carlos ungehindert weiterfahren.
Im Gegenzug sicherte der endlich den Handykontakt zu, um gleich darauf sein Handy auszuschalten. Er musste sich mehr einfallen lassen.
Auf dem nächsten Rastplatz hielt Carlos, überlegte. In der Raststätte „machte" er schnelles Geld. Die vier Börsen leerte er draußen und hatte jetzt mehrere hundert Euro. Er legte die Börsen ordentlich in ein Verkaufsregal vor dem Gebäudeeingang.
Komplizierter wurde es an der nächsten Tankstelle

mit Parkplätzen. Er wartete eine halbe Stunde, beobachtete die Ankommenden und die Wegfahrer. Als ein junger Mann mit seinem alten roten Auto nicht weit entfernt von ihm hielt, verließ er seinen Alfa bei laufendem Motor und verschanzte sich in der Raststätte.

Er behielt das Auto genau im Blick, sah, wie der Bursche interessiert zu dem tollen Schlitten ging, sich umsah, grübelte. Schließlich setzte er sich hinter das Steuer und gab kräftig, mit lautem Aufheulen, Gas.

Nun erst verließ Carlos seinen Platz, ging hinaus, stieg in das alte, rote Auto, fuhr los. In die Gegenrichtung. Zurück nach Madrid. Im Prado würde er beweisen, dass er kein Mörder war.

16: Tonio rief an

Tonio rief an. „Sie nennen ihn den Riesen", flüsterte er. „Ein gefährlicher Hund. Raubüberfälle, Mord angeblich."
„Gibt es ein Foto?", fragte Ribera zurück. Er war bereits im Prado-Park angekommen und sah den Museumseingang vor sich.
„Natürlich nicht, nur eine Beschreibung."
„Ich schicke dir jetzt eine Nummer – es ist die meiner Assistentin Anita. Du beschreibst ihr diesen Kerl, und sie schickt dir und mir ein Phantombild. Erkundige dich bei deinen Leuten, ob dieser Mensch so aussieht wie auf unserer Zeichnung. Kommt alles per Handy zu dir. Danke." Ribera beendete das Gespräch. Er beobachtete den Eingang. Waren die Deutschen schon in der Schlange zu sehen? Kurz verständigte er sich mit José. Der hatte noch nichts herausgefunden. Sobald es das Phantombild gab, würde Ribera es auch ihm schicken.
Sein Handy blinkte wieder. Der Chef. Beratung in einer Stunde. Seine Anwesenheit sei trotz aller dringenden Ermittlungen unbedingt persönlich erforderlich. Nichts zu machen, Ribera. Er fluchte und rief Anton.
„Beende in einer halben Stunde das Krankenhaus und löse mich hier im Prado ab."
„Chef, es gibt sowieso nichts Neues. Die beiden Patienten befinden sich in unverändert kritischem

Zustand. Ab und zu gibt es wache Phasen, aber sie sind nicht ansprechbar. Wir müssen hier Geduld haben. Die Klinik sichert, sagt dein Freund, der Chef, dass ihr Zustand so bleibt und sich möglichst bessert. Dieser Lope hält mir die zwei Deutschen vom Hals. Die besuchen auf eigene Faust ihre kranken Reisegefährten. Unmöglich, sie davon abzubringen, aber Lope kontrolliert das Geschehen ganz ordentlich. Und ich kann es ihm gut für eine Weile überlassen. Wie lange brauchst du mich im Prado?"

„Eine Weile wird es schon dauern. Beratung beim Chef für mich, ohne Pardon. Zwei bis drei Stunden? Sollten wir einplanen."

„Gut."

Ribera stiefelte zur nächsten Metrostation. Er fuhr zurück ins Kommissariat. Inzwischen ging es Schlag auf Schlag. Jagd auf den Alfa Romeo, der nun Kurs auf Cádiz nahm. Anita zog alle Register ihres Könnens. Örtliche Streifenwagen wechselten sich in der Verfolgung ab. Kurz vor der Hafenstadt zog ein Streifenpolizist endlich den jungen Mann aus dem Cockpit. Es war der Falsche, lautete Anitas SMS. Der junge Mann gestand, den Wagen geklaut zu haben. Er gab seine Zulassungsdaten durch. Anita leitete alles an die Grenzstation weiter. Der alte rote Fiat tauchte aber nicht auf.

Parallel ließ sie den Halter des Alfa Romeo suchen. Eine Briefkastenfirma, stellte sich heraus. Doch sie fand einen Namen, und den konnte sie schließlich dem Riesen zuordnen. Toni hatte recherchiert und eine bessere Beschreibung des Kraftprotzes mit seiner Körperlänge von zwei Metern geliefert. Das Riesenbaby hatte ein glattes, ausländisch anmutendes Gesicht – ein Mulatte oder

Nordafrikaner? In den Dealer- und Zuhälterdaten wurde sie fündig. Der Riese hieß Muratz Dolores und war jetzt offiziell bei einem Wachschutz – Watchmadrid – angestellt.

50 Kilometer vor Madrid ortete eine Polizeistreife schließlich den roten Fiat mit dem richtigen Kennzeichen. Sofort verfolgen – die Order einzuhalten, erwies sich einfacher als gedacht. Nach einer Tankpause nahm der Fiat Kurs auf die Innenstadt.

17: Der Hauptkommissar...

Der Hauptkommissar und sein Gast hockten in dem abhörsicheren Besprechungsraum, einer schalldichten Kabine mit Gummiwänden. Der Gast, klein, untersetzt, mit Halbglatze – Orton nannte ihn im Stillen den Dicken – hatte ein Dossier vor sich auf dem Konferenztisch liegen, in dem er ziellos blätterte. Ribera hetzte in den Raum, donnerte die Tür zu und fiel auf den erstbesten Stuhl.
„Sie haben Carlos?", fragte der Chef, beherrscht, ohne ein Zucken in den Mundwinkeln.
„Fast, es ist eine Frage von Minuten."
„Wo befindet er sich eigentlich, dieser Taschendieb? An der Grenze zu Portugal, im Hafen von Cadiz, in Madrid? Wissen Sie überhaupt, wo Sie suchen?"
Ribera merkte, wie sich der Chef in Rage redete. Um nicht darauf zu reagieren, übte er Gelassenheit: Gleich platzt die Bombe – mein Chef. Doch das übertrug sich nicht auf alle Beteiligten. Der Chef brüllte. Pinscher, saudummer Ermittler, Sie lassen laufend Täter laufen. Ribera wurde rot, ganz innen kam gleich der Lachanfall.
Die Halbglatze erwiderte einfach Riberas Grinsen. Fair war es nicht. Von keinem einzigen. Warum immer eine Rolle spielen? Irgendwann stockte der Chef, krebsrot, und verstummte. Anita ließ Riberas Handy klingeln, zu allem Verdruss. Schon wieder tobte der Boss. Diesmal war die Sparte Disziplin

dran. Garniert mit disziplinarischen Maßnahmen, die sofort und unweigerlich folgen würden.
„Ich melde mich später", flüsterte Ribera.
„Er ist über die Stadtgrenze, Franjo, er will mitten rein in die Stadt."
„Bleibt bloß an ihm dran. Bitte. Holt Verstärkung. Es kann gefährlich werden."
„Diesmal entwischt er uns bestimmt nicht. Und wir sind vorsichtig."

*

„Also nichts", fasste der Chef zusammen. „Warum Sie angeblich einmal unser fähigster Ermittler gewesen sein sollten, erschließt sich mir in diesem Fall wirklich nicht. Versetzen Sie uns gefälligst so bald wie möglich in die Lage, unserem Kommissariat und meinen Vorgesetzten auf die Sprünge zu helfen? Ich meine, die Geduld ist begrenzt. Das Ministerium sitzt mir bereits im Nacken."
„Je länger ich hier sitze, desto später wird's, Chef".
„Frechheiten, bodenlose Gaunereien und Mauscheleien mit Tatverdächtigen, das ist alles, was Sie bieten. Sie mit Ihrem Netzwerk. Merken Sie nicht, dass Ihnen das nichts nützt, dass Sie mal umschalten müssen? Auf neue Ideen? Aber hier herrscht ja in Ihrem Alter Fehlanzeige."
Danke für die Vorführung. Vor dem Gast zusammenreißen?
In den Dienst der Mitarbeiter stellen? Vertrauen? Auch hier herrschte Fehlanzeige, überall Baustellen. Das traute er sich nicht auszusprechen. Und das Lachen war Ribera auch vergangen. Endgültig sogar.

„Nun, packen wir's an. Bonaventura", lachte der Dicke unverdrossen und wies mit einladender Geste auf seinen Nebenmann, den Kommissar.
„Verbessern wir uns."
„Für die Zukunft guten Wind", antwortete der und dachte: ein Bildungsbürger, dieser Deutsche.
„Womit wollen Sie denn unsere Ermittlungen unterstützen?"
„Nun, vor mir liegen einige Erkenntnisse über unsere sieben Touristen, die wir Ihnen nicht vorenthalten möchten. Denn es sollte unser gemeinsames Interesse sein, den oder die Täter schnell aufzugreifen."
Der Deutsche schob eine grüne Mappe zu Ribera herüber.
Der Kommissar blätterte. Alles in deutscher Sprache, o je.
„Was sind das für Kopien? Wie alt ist dieses Material?", fragte er.
„Nun, es basiert auf der Kenntnis gewisser Ermittlungen vor der Wende, zugegeben. Über zwanzig Jahre alt also. Aber geeignet als Schlüssel zu Charakteren. Und liegen nicht in den Charakteren die Grundzüge für das Verständnis von Handlungsweisen? Ich halte die Kenntnis solcher Papiere in jedem Fall für nützlich. Auch wenn sie von einer umstrittenen Einrichtung, sagen wir es offen, dem DDR-Ministerium für Staatssicherheit, der Stasi, stammen. Warum nicht? Auch dort wurden Menschen eingeschätzt, bewertet. Ihre positiven wie negativen Eigenschaften zusammengetragen. Das kann uns heute helfen. Der Mensch ändert sich weniger, als manchmal geglaubt wird. Ich hoffe, Sie gehen da ohne Vorurteile rein."
„Sie übergeben uns also Dossiers, operative

Vorgänge über das, in damaligem Sprachgebrauch, Vorbereiten einer Republikflucht. Was sollen die Unterlagen aber mit unserem Fall zu tun haben?"
„Wir arbeiten durchaus noch mit Ermittlern aus jener Zeit, inoffiziell, das versteht sich – diese Information bleibt unter uns, bitte. Nicht, dass ich sie morgen in der Madrider Presse lese."
Er lachte.
„Bekannt ist vielleicht das Duo Duscher & Deinhaus? Obwohl Westler aus der APO-Zeit, später Stasioffiziere, nach der Wende schwer geläutert, aber im Zuge eingehender Prüfung für unerlässlich befunden, arbeiten sie seit dem Wendeherbst 1989 erfolgreich in unseren Diensten. Beworben haben sie sich quasi mit einer Datei – den operativen Vorgängen über Republikflüchtige, deren Material sie uns lückenlos zur Verfügung stellen konnten. Wir haben die Dateien ordentlich gecheckt, können sie allerdings aus verständlichen Gründen nicht fortschreiben – nehmen wir sie also, wie sie sind: als Entscheidungshilfe, besonders in kniffligen Fällen. Und dieser hier ist kompliziert, ja, unübersichtlich. Licht in den Dschungel bringen, dabei helfen solche Dossiers. Eine Antwort wäre nach Ihrem werten Durcharbeiten ebenso schön wie regelmäßige Information über den Stand Ihrer Ermittlungen. Wir zögern noch, unser Duo einzufliegen, damit Sie mehr Unterstützung bekommen. Sie sind ja nach Ihren eigenen Aussagen hart dran am Auflösen der versuchten Morde. Im Namen der deutschen Regierung versichere ich Ihnen also unsere Hilfe, so umfassend, wie Sie es wünschen."
Der Kommissar schluckte.
Da hatte sein Chef schon freudig dem Angebot zugestimmt und für ihn das Wort ergriffen:

„Diese Möglichkeit werden wir selbstverständlich nicht ausschlagen. So dumm kann niemand bei uns sein", sagte der Hauptkommissar mit Blick auf Ribera. „Zumal unsere Lösungsansätze durchaus – bei einer noch kritischeren Sicht auf die Zusammenhänge – als vage bezeichnet werden könnten. Unser lieber Ermittler Ribera ist erst dabei, uns von seinen Ansichten des Falls zu überzeugen. Ausreichend Argumente sehe ich noch nicht auf seiner Seite, da ist noch eine Menge Arbeit zu leisten."

Ribera versprach also, die Akten durchzuarbeiten und den Dicken regelmäßig über seine neu gewonnenen Erkenntnisse zu informieren. Was blieb ihm übrig?

Erneut fuhr er zum Prado. Vor dem Museum stand immer noch eine unendlich lange Schlange. Ganz vorn sah er die Deutschen, die etwa zwei Stunden gewartet haben mussten. Der Kommissar trat vor den Schalter des genau daneben eingerichteten Eingangs für Behinderte und Gruppen, zeigte seinen Ausweis und war drin. Die Zeit: auf den Punkt vierzehn Uhr.

Jochen und Ellen, inzwischen vom Krankenhaus zurückgekommen, sahen den Kommissar und setzten sich links vom Museo del Prado ins Café.

Sie würden bis fünfzehn Uhr warten und den kostenfreien Nachmittagseintritt nutzen. Das sparte zwölf Euro Eintritt, die sie gut gebrauchen konnten.

18: Der Mobilkran stand...

Der Mobilkran stand auf der Straße vor Mauer und Krankenhausfront der Intensivstation. Der Ausleger fuhr langsam den Förderkorb aus und suchte die Zimmer ab. Der Kameramann und ein Reporter mit Mikrofon standen auf der Plattform des Korbes. Das Zimmer rechts, dort, die Vorhänge sind zugezogen, flüsterte der Reporter in sein Handy. Der Kranführer brachte den Korb in die Position. Programmieren, speichern und weg, forderte der Reporter. Er sprach ein paar Sätze ins Mikro. Das war's, wir sind die Ersten. Hinter ihnen rückte bereits die Schlange der Verfolger an, doch sie hatten die Konkurrenz abgehängt.

Die Schwester am Tresen zeigte auf Lope und rief: „Sie sind doch von der Polizei! Bitte sorgen Sie dafür, dass draußen die Presseleute entfernt werden."

Es war mittags. Lope ging vor die Tür. Sofort stürzte sich die Meute auf ihn.

„Keine Aussage, keine Informationen. Unterlassen Sie Ihre Fragen", murmelte er.

Vorn sah er das Dilemma. Autos mit riesigen Feuerleitern, wie sie die Reinigungsfirmen hatten, parkten in langer Reihe vor dem Krankenhaus. Auf Gitterkörben am Ende der Leitern standen immer Reporter und Kameramann. Im Schneckentempo suchten sie die Zimmer ab, um Maria und Joseph zu finden und zu filmen. Lope forderte von Anita das

Eingreifen der Polizei. Sie konnte nichts versprechen. Schließlich riefen die Organisatoren heute wieder zu Demonstrationen auf, an denen auch gewerkschaftlich organisierte Polizisten rege teilnahmen. Der Wachschutz alarmierte die Feuerwehr und ließ die Straße räumen.

*

Carlos bugsierte den roten Fiat durch das Neubauviertel. Er hatte die Stadt umfahren, bis er in die Nähe der Bahnstation kam, zu der die Demonstranten wieder in Heerscharen zogen. Von dort fuhren sie in die Innenstadt, und er würde mitfahren. An einem Kiosk ließ er das Auto stehen und stürzte aus dem Wagen. Er wusste, irgendwer folgte ihm.

Der Kiosk hatte Toiletten, er hechtete hinein. Hinten aus dem Fenster, und weg zur Schnellbahn. In der Masse der Demonstranten ging er unter. Der Zug fuhr ein, und er drängelte sich zwischen die gut gelaunten Männer mit ihren Plakaten („Keine Macht dem Euro und den Deutschen", „Euro no – Merkel no") in einen der mittleren Waggons.

Polizisten, die auf seiner Spur waren, sah er nicht. In wenigen Minuten erreichte er sein Ziel und mischte sich unter den Pulk der vor dem Museo Wartenden.

15:00 Uhr.

19: Das Prado-Museum...

Das Prado-Museum entstand 1819 auf die Jahre zurückliegende Initiative des Königs Ferdinand VII. und seiner Frau Maria Isabella de Braganza. Es sollte einen großen Teil der königlichen Sammlungen des spanischen Herrscherhauses konservieren und ausstellen, die von den Monarchen seit über 300 Jahren zusammengetragen worden waren. Der Architekt Juan de Villanueva entwarf das ursprüngliche Gebäude, das 2007 von Rafael Moneo erweitert und modernisiert wurde. Die permanente Kollektion reicht von den römischen Gemälden des XII. Jahrhunderts bis zu den Bildern Joaquin Sorollas, aufgeteilt auf drei Stockwerke und über 100 Ausstellungsräume. Im Erweiterungsbau befinden sich die Säle für Sonderschauen und das antike Klaustrum der Kirche San Jerónimo el Real. Das lasen Besucher im Museumsführer, der für nur drei Euro den fortlaufenden Rundgang mit besonderem Blick auf 50 Meisterwerke beschrieb, darunter Gemälde von Francisco de Goya, Velázquez, Tizian und Rubens, aber auch von El Bosco, dem Deutschen Hieronymus Bosch. Mit ihm begann die geführte Tour im Erdgeschoss des Hauses, und so starteten die meisten Touristen ihre Prado-Besichtigung.
Anton sichtete die Videokameras im Museumsbüro. Ribera ging zu seinem Lieblingsgemälde, Goyas halbversunkenem Hund. Viele Male hatte er dieses

Bild betrachtet, um in der weiten Fläche über dem Hundekopf irgendetwas zu finden – ein Gesicht, Farcen, Züge von Fabelwesen oder Geistern.
„Das ist doch ein Meisterwerk", flüsterte jemand neben ihm. Jan sprach englisch, weil er wusste, wie es um die Deutschkenntnisse des Kommissars bestellt war.
„Mein Lieblingsbild, überhaupt, Goya ist für mich der größte Maler aller Zeiten. Was meinen Sie – was sieht der Hund?"
„Nichts. Einfach nichts."
„Aber ich glaube, der erkennt was. Wir dagegen erkennen es nicht."
„Gut beobachtet. Sehen wir uns den Saal der schwarzen Malereien genauer an?"
Ribera nickte. Warum nicht?
„Wo sind die anderen?", fragte er.
„Jeder geht seinen Weg. Carmen liebt Tizian, Jana den El Bosco. Und mit den anderen beiden treffen wir uns ab achtzehn Uhr, wenn die Nichtzahler eingelassen werden. Dann sind sie aus dem Krankenhaus zurück."
Sie schlenderten zu Goyas Meisterwerken.
„Was meinen Sie, was wird Ellen und Jochen interessieren?"
„Ellen will zuerst die Maya, die Nackte, sehen. Bei Jochen tippe ich auf Velázquez. Aber Sie, Kommissar, besuchen Sie nicht Ihren Namensvetter Jusepe de Ribera?"
„Heute vielleicht nicht, warten wir es ab. Goya fasziniert mich, Ribera interessiert mich – ein kleiner Unterschied. Wo treffen Sie sich?"
„Vermutlich im ersten Stock, vor den Tizians."
„Am Schicksal Ihrer Mitreisenden nehmen Sie keinen Anteil?"

„Doch, schon. Aber ihnen kann keiner helfen."
„So brutal, so eiskalt?"
„Rational. Nicht brutal."
„Sagen wir: verkopft?"
„Nein: real und trotzdem mit Gefühl."
Ein komischer Kerl, dieser Deutsche, dachte Ribera und sah unwillkürlich auf die Uhr: zwanzig Minuten vor sechs. Gleich würde der Ansturm beginnen.
„Gehen Sie schon mal vor", sagte er. „Ich telefoniere noch schnell." Der Kommissar verhielt am Rondell vor den Treppen, die vom Erdgeschoss in den ersten Stock führten.
Er musste Anton unbedingt fragen, ob dieser Carlos aufgetaucht war. Anita hatte gemeldet, er sei bereits im Prado-Park. Ebenso wie der Riese allerdings.

20: Carlos war drin...

Carlos war drin und ging sofort auf die Toilette. Er versuchte, sein Äußeres zu verändern. In der Jackentasche hatte er noch einen geklauten Klebebart, dazu die kleine grüne Mütze und den weißen Schal. Das reichte. Da hörte er das Keuchen. „Bist du hier, Dreckskerl?", flüsterte die bekannte Stimme. „Ich meine, hinter dieser Tür? Komm raus, Ratte." Carlos hielt die Luft an. Der Riese hatte aber nur auf den Putz gehauen, wartete, lief auf und ab. Es war zu viel Betrieb, um sich an der Toilettentür hochzuziehen. Weil ständig Besucher kamen und gingen, verschwand er. Es bleibt keine Wahl, dachte Carlos, fummelte das Klappmesser aus der Hosentasche und schor sich einige Haarbüschel ab. Schnell noch schminken – und er sollte unerkannt bleiben.
Jetzt suchte er die nächstbeste Treppe hoch zur ersten Etage. Dort wollte er Carmen finden.
Kommissar Ribera sähe dann selbst, dass jemand anderes der Mörder sein musste. Denn Carlos würde ihr nichts tun, sondern nur ihre Nähe suchen. Das sollte der letzte Beweis für seine Unschuld werden.
Außerdem gingen vom Hauptgang so viele kleine Räume ab, dass er sich gut verbergen konnte. Es gab jede Menge Säulen, Winkel und tote Ecken.
Carmen, angekommen in der ersten Etage, befand

sich mitten in diesem Hauptgang, um ihre Lieblingsgemälde von Rubens und Tizian zu sehen. Es füllte sich mit jeder Minute. Gedränge. Viele Einheimische nutzten die Gelegenheit eines kostenlosen Besuchs. Carmen bewunderte Rubens. Ein Vollblutmaler – Menschen aus Fleisch und Blut, pralle Lebensfreude. Die drei Grazien, Töchter des Zeus, sind Anmut, Frohsinn und Glück. Links, Aglaia, verkörpert seine zweite Frau Helena Fourment, die er kurz vor 1635, dem Zeitpunkt der Entstehung des Gemäldes, heiratete. Daneben Muskeln, Akte, Lichtkontraste – die Anbetung der Könige, 1609 für das Rathaus Antwerpen gemalt und bald darauf im Besitz des spanischen Hofes. 1628 übermalte es Rubens, und er ergänzte die Engel im oberen Bildteil. Rechts verewigte er sich im Selbstporträt zu Pferde. Weiter. Veronese, Venus und Adonis. Im starken Farbkontrast zeigt der Maler die Passage aus Ovids Metamorphosen über eine Liebe, die der Tod plötzlich zerstört. Der letzte Moment des Liebesglücks – aufsteigende Dämmerung, Schattengesicht der Venus, bevor ein wilder Keiler den Liebhaber töten wird. Noch ruht Adonis im Schoß der Geliebten, noch fächelt sie ihm Luft zu. Luft.

Carmen musste sich setzen. Ihr war schwindelig, bestimmt von den vielen aufregenden Bildern. Den Stich in den Rücken hatte sie nicht bemerkt – einen kurzen schmerzlosen Piekser, von dessen Wirkung sie jetzt zusammensank und auf den Boden rutschte. Lope Schultz hatte sie schon entdeckt. Und er sah jemand in den Raum gegenüber verschwinden, der aussah wie ein verstümmelter Carlos. Was sollte er zuerst tun? Geistesgegenwärtig hechtete er dem Phantom hinterher, packte zu und hielt es eisern fest, auch als er den Schlag von hinten spürte. Albert kam zu Hilfe, da krachte Lope auf den Boden. Carlos war jedoch gefasst. Klebebart und grünes Mützchen hatte er eingebüßt.

Ribera erhielt endlich Verstärkung. Sie sperrten den Prado. Alle Besucher mussten das Gebäude verlassen. Polizei am Ausgang durchsuchte jeden. Den Riesen erwischten sie nicht. Wer Lope eins versetzt hatte, blieb ungeklärt. Carmen landete in der bekannten Station des Krankenhauses. Dort zog ein Mobilkran auf – das Klinikpersonal alarmierte sofort die Feuerwehr und die Polizei. Die Position von Carmens Zimmer war gescannt, bevor der gewaltsame Abtransport das Ausspähen unterband.

Carlos in Handschellen – das Kommissariat feierte den Erfolg. Die vier Deutschen mussten in ihr Apartment zurück – beobachtet von Anton und José, die sich abwechselten, auch nachts. Ribera wollte nichts dem Zufall überlassen. Der Riese war zur Fahndung ausgerufen. Nicht in den Medien, das klappte endlich reibungslos. Lope erhielt großes Lob vom Kommissar persönlich. Ribera fand, sie seien wieder quitt. Leider konnten Mediziner nicht feststellen, womit er außer Gefecht gesetzt worden war. Blessuren am Kopf? Fehlanzeige, ebenso innere Verletzungen.

Lesart des Kommissariats: Der Serientäter Carlos war als Hauptverdächtiger inhaftiert. Der Chef, Orton persönlich, verlangte, am morgigen Verhör teilzunehmen.

Für Lope wurde es ernst in der Redaktion. Er durfte den verlangten Bericht nicht liefern. Keine Freigabe – Befehl des Hauptkommissars. Die mit dem Kran hatten aber prompt ihren Beitrag noch für die

Abendausgabe im Blatt und zeitnah im Internet. Sie gehörten zur härtesten Konkurrenz.
Der Ressortchef drohte mit der Entlassung. Zehn Leute fliegen, reiß dich zusammen. Du hast nur eine letzte Chance, Schultz.
Der flüsterte: Ja.

21: Miese Stimmung…

Miese Stimmung im Apartment. Jochen drehte fast durch vor Angst um seine Carmen. „Jetzt stirbt sie", murmelte er, „jetzt gleich. Ich muss zu ihr." Aber sie durften die kleine Wohnung nicht verlassen. Auflage der Kripo. Jan und Jana versuchten, Jochen zu beruhigen. Ellen saß apathisch auf dem Stuhl am langen Tisch in der Küchenecke, rechts neben der Eingangstür. Hohe Fenster, dachte Jan, Licht im Hof, jeder kann uns sehen. Verwanzt sind wir außerdem. Er holte sich Toilettenpapier, dimmte die Küchenlampe und winkte alle an den Tisch zu Ellen.
Jeder nimmt einen Stift, schrieb er auf das erste Blatt. Dabei teilte er die dünnen Papierblätter aus. Wir sind verwanzt, sie hören alles mit, pinselte er in großen Lettern. Schreibt Vorschläge, was wir machen wollen, und dann schmeißen wir das Papier ins Klo.
Ich will zu Carmen, schrieb Jochen, jetzt.
Es geht nicht, antwortete Jana, wir kommen nicht raus.
Jan: Wir probieren es anders.
Jochen: Wie?
Jan: Wir gehen in die Kneipe an der Ecke. Von dort durchs Toilettenfenster.
Ellen: Ob sie uns dorthin lassen?
Jochen: Fragen.
Jochen und Jan gingen raus, über den Hof und zum

Auto der Polizei vor dem Haus. José und Anton überlegten. Zu erreichen war im Kommissariat niemand mehr, den sie fragen konnten. Sie versuchten, den Chef zu erreichen. Ribera meldete sich nicht. Anton ließ die zwei Touristen unbehelligt, folgte ihnen aber mit Abstand. José sollte Jana und Ellen bewachen.
In der Kneipe verdrückte sich Jan sofort auf die Toilette. Er sah, dass sie hier nicht aus dem schmalen Fensterchen herausklettern konnten. Videokameras waren im Bereich um die Theke nicht zu entdecken, Wanzen ebenso nicht. Jochen bemerkte ebenfalls nichts Auffälliges, das für eine Überwachung des Gastraums sprach. Also unterhielten sie sich leise. Zum Glück lief der Fernseher neben ihnen, und es war ziemlich laut. Sollte der Laden verwanzt sein, würde man sie wohl kaum gut verstehen.
Jan hatte den Einfall. Er nahm den Kneipier zur Seite, flüsterte. Etwas spanisch konnte er sprechen. Das wusste niemand, auch Jochen nicht. Weinkeller, hast du einen? Der Wirt nickte. Zeig ihn mir, sagte Jan so leise wie möglich. Wieso, fragte der Wirt. Wir brauchen Hilfe, wir müssen durch den Keller ins Nebengebäude. Unser Schlüssel ist weg, geklaut. Kommen wir durch den Keller auf die Straße gegenüber? Der Wirt grübelte. Ich hab die Türen unten schon lange nicht mehr kontrolliert. Früher konntest du hier unter mehreren Häusern entlang bis zur Plaza de Chueca kommen. Sogar zur Metro ging es unterirdisch.
Der Wirt bat seine Frau, für ihn die Bewirtung zu übernehmen. Er fummelte ein Schlüsselbund aus dem Küchenbord und bat Jan, ihm zu folgen. Der winkte Jochen heran. Sie kletterten in den

Weinkeller. Tatsächlich, sie kamen bis ins Nebenhaus und von dort auf die Straße. Es war die Calle, die parallel zur Almirante verlief. Sie hatten die Bewacher abgehängt. Jan drückte dem Wirt einen Zehn-Euro-Schein in die Hand:
„Wenn die Polizei nach uns fragt: Sie haben nichts gesehen. Danke!"
Der Wirt nickte verschwörerisch. Irgendwie mochte er die beiden Draufgänger, die ihn an die eigene Jugend erinnerten, obwohl sie eher älter waren als er.
Jan zeigte Jochen den Weg zur Metrostation.
„Kommst du mit?", fragte Jochen.
„Nein, ich geh nachher wieder zurück."
„Wie denn?"
„Ich hab eine Idee. Aber du musst vor dem Krankenhaus erst die Lage sondieren. Wenn dort auch Wachen aufgezogen sind, kannst du nicht rein. Es wäre zu gefährlich. Außerdem lassen sie dich nicht. Finde einen Weg, am besten über die Notaufnahme. Da ist Tag und Nacht jemand. Du redest von unerträglichen Schmerzen, im Magen. Dann setzt du dich kurz und verschwindest unauffällig auf die Toilette. Hinterher suchst du die Station, wo die drei liegen. In dem Chaos kriegt das keiner mit. Klar?"
„Aber ich kann doch kein Wort spanisch."
„Rede einfach deutsch. Sie haben bestimmt jemand, der dich versteht. Touristen kommen immer mal in die Notaufnahme. Fahrscheine hast du?"
„Ja, noch fünf von meiner Zehnerkarte. Das reicht."
„Dann ab. Die Metro fährt bis nachts halb zwei. Ich versuche inzwischen, einen Rückweg zu finden."
„Wohin soll ich kommen, wenn ich fertig bin?"
„Warte bis zum Morgengrauen, möglichst in der

Intensivstation. Und dann fahr zurück, geh vor das Einkaufszentrum hinter dem Chueca-Platz. In dem wir gestern waren, das moderne. Dort treffen wir uns in einem der Cafés, wenn sie um acht öffnen. Wir werden alle vier zusammen frühstücken und überlegen, was wir morgen anstellen."
Jochen ging sehr langsam in die Richtung der Metrostation Chueca. Er zweifelte, ob das Ganze eine gute Idee war. Aber dann rannte er fast. Was war mit Carmen los, lebte sie überhaupt noch?

*

Jan drehte eine Runde um das gesamte Viertel, bis er gegenüber der Kneipe Position bezog. Dieser Mitarbeiter im Kommissariat von Ribera war nicht mehr im Schankraum zu sehen. Der Wirt hatte Jan schon entdeckt und gab ihm Zeichen: Komm her, an die Theke.
Sie wissen viel über euch, auch, dass du spanisch sprichst, sagte er.
Nur eher schlecht als recht.
Ziemlich dialektfrei, schmunzelte der Wirt, klingt gut. Sie sind mächtig hinter euch her. Kein Vertrauen in eure Unschuld bei den Mordversuchen.
Woher weißt du davon?
Aus der Zeitung, hier. Gestern und heute ein großer Bericht.
Schreiben sie nicht, dass es ein Spanier ist, den sie verdächtigen?
Ja, den suchen sie. Aber sie beobachten deine Leute auf der Intensivstation. Mit einem Mobilkran sind sie an deren Fenster.
Und was sehen sie?
Bis jetzt nur zugezogene Vorhänge. Das wird sich

allerdings ändern. Sie bestechen die
Krankenschwestern. So läuft das bei uns.
Und wo suchen sie nun meinen Freund und mich?
Haben sie aufgegeben, lachte der Wirt. Nämlich, ich
hab denen gesagt, ihr wolltet nur mal an die Luft
und bei mir eine qualmen. Weil, das dürft ihr bei
euren Frauen nicht. Und die jammern euch die
Ohren voll wegen der Halbtoten. Und das haltet ihr
nicht aus.
Das klingt ja wie eine richtige Story, gut, danke. Wie
soll ich mich revanchieren?
Ehrlich gesagt, für 'n Fünfer zeig ich dir wieder den
Keller. Kriegst auch 'n Bier dazu. Gratis.
Abgemacht. Hier, dein Fünfer.
Es ist nämlich noch mehr zu sehen, versprach der
Wirt verschwörerisch. Er brummte zu seiner Frau:
Schmeiß mal hier den Laden, ich muss im Keller
paar Sachen erledigen.
Die Frau, klein, aber zäh, lachte schmierig: Geh nur.
Ihr konnte der nichts vormachen. Lausiger
Verschwörungsanfänger.
Die Stufen schienen noch schmaler zu sein als
vorhin. Und es war glitschig. Jan rutschte fast weg.
Aufpassen, flüsterte der Wirt. Hier steht oft das
Wasser drin. Auch deshalb kennt sich in diesen
Katakomben niemand mehr aus. Wir mauern aber
die Gänge nicht zu, wie es in euren Breiten oft der
Fall ist. Ich weiß es von 'nem Freund in Wien. Der
hat auch 'ne Weinkneipe mit unterirdischem
Gewölbe. Aber dessen Kellerausgänge zu den
anderen Häusern sind vermauert. Dabei konnte man
dort früher kilometerweit unter der Erde langgehen
– und kam außerhalb der Stadt wieder raus. Hat der
jedenfalls behauptet.
Und bei euch? Wie alt sind die Labyrinthe?

Manche schwören, die hier – wir sind ja mitten unter der Altstadt – stammen noch von den Mauren. Bin mir aber nicht sicher. Es geht weit, und nichts ist verschlossen. Das will ich dir zeigen.
Hinter den Fässern versteckte sich der Gang. Ordentlich ausgemauert war er und trocken. Rohre schlängelten sich an ihnen vorbei, oft mussten sie sich bücken. Aber es ging immer weiter voran. Der Wirt wusste offenbar genau, wo er ihn hinführte. Jan versuchte, sich zu orientieren, aber er wusste schon bald nicht mehr, welche Richtung – Ost oder West? Nord oder Süd? – sie einschlugen. Mal krochen sie durch Sandhaufen, mal patschten sie durch tiefe Pfützen.
Vorn verbreiterte sich der Gang.
„Der Dom", flüsterte der Wirt.
Ein hohes Gewölbe öffnete sich. Gegenüber vom Zugang ihres Stollens sahen sie das Kreuz, aufgemalt auf die nackten Mauersteine. Schmutzigweiß prangte es auf den dunkelroten Ziegeln.
„Das war unser Treff, damals, unter der Francoherrschaft. Hier wurden die Aktionen abgestimmt." Der Wirt schlug ehrfürchtig das Kreuz. „Ab und zu begegnen wir Übriggebliebenen uns noch hier unten. Die meisten sind ja schon nicht mehr auf dieser Welt. Ich war der jüngste – Cucaracha nannten sie mich. Kakerlake. In meiner Jugend sah ich immer so abgerissen aus. Meine Eltern waren arm, verstehst du, fast immer hatte ich Hunger und fror. Wir hausten in einer schrecklichen Bude. Siehst du vorn die zwei Ratten? Sie beten hier um das große Fressen. Bilde ich mir ein in meinem dummen Kopf. Sie sind jedesmal da, wenn ich hierher komme. Später ist dann doch was aus mir geworden, Chico. Eigentlich bin ich ja stolz auf die

Karriere, die ich hingelegt habe. Es war nicht
einfach, weil ich von ganz unten kam. Aber nun ist
die Kneipe schuldenfrei."
Der Wirt redete ohne Unterlass. Jan versuchte
trotzdem, die Geräusche der Unterwelt
herauszuhören. Unter welchem Stadtteil waren sie?
Wie kommt man hier nach oben?
Als hätte er die Fragen geahnt, zeigte der Wirt auf
einen zweiten Zugang zur unterirdischen Kapelle.
„Von dort erreichst du die Kanalisation, wenn du
den Gang bis zum Ende gehst. Sie führt bis zur Mitte
der Stadt, Puerta del Sol. Erst die U-Bahntunnel
stoppen dich. Kanaldeckel aufstoßen, und du bis
wieder über der Erde."
Plötzlich stand Jan allein im Dom. Der Wirt war wie
vom Erdboden verschluckt. Keine Geräusche.
Absolute Stille, außer einem Lachen von fernher,
einem Kichern. Dazu das Rascheln der Ratten.
Er schlich gebückt voran, um den nächstbesten
Aufstieg zu suchen. Schlagartig erkannte er diese
Nischen im Stollen, die ihm vorhin nicht aufgefallen
waren. Gedämpftes Licht. Zischen und Knallen.
Reitpeitschenhiebe und Gelächter. Ein riesiger Kerl
drosch in der ersten Nische auf elf Spieler in
knallbunten Trikots voller Werbung ein.
„Kauftruppe, verdammte Sklaven. Fußballer wollt
ihr sein, Millionäre? Und verliert das
Entscheidungsspiel? Hundert Hiebe. Keine
Spielergehälter in diesem Winter – so dicke haben
wir's nicht, dass wir eure Unfähigkeit belohnen."
Die bunten Kerle, Hautfarben weiß bis pechschwarz,
stöhnten in einem grobgezimmerten Joch. Der
Massagearzt goss Öl über Pritschen, auf denen sie
festgeschnallt waren.
Jan rannte. Bloß nicht gesehen werden von diesem

Peitschenkerl. Wieder eine Nische, diesmal standen zehn Galgen darin. Aufgeknüpfte hockten auf winzigen Stühlchen und röchelten. Ein Maskierter stieß, offenbar nach fester Regel, jeden Sitz um. „Der nächste Stoß für dich. Kippen wirst du – mausetot bist du." Der Maskierte röhrte die Worte durch den Schlitz der Maske vor seinem Mund. Die Aufgeknüpften trugen T-Shirts mit der Aufschrift „Amadeus Bank – dein Geld wird schlank".
Alle Provisionen seien gesperrt, Gehälter gebe es nicht, verkündete der Maskierte.
„Und ob ihr am Galgen überleben werdet, hängt nur von eurem Geschick ab. Jesus war auch nur scheintot. Ihr könnt es ebenso schaffen."
„Wir können es ebenso schafften", röchelten die Gehenkten im Chor.
Nebenan die nächste Nische. Erneut ein Vermummter, der diesmal neun Schmächtige würgte, einer gefesselt wie der andere. Der Würger kippte Jauche über die dünnen Jungs.
„Wer Drogen dealt, wird selbst nicht fett. Wer mich bescheißt, lebt nicht mehr lang. Bezahlt die Schulden, Pack. Verflogen ist die letzte Frist."
Die Jungs zitterten, flüsterten: „Dank dir, großer Würger, Wir zahlen alles zurück, und wenn es zwei Leben dauert."
„Fangt jetzt damit an", höhnte der Würger die blutig-blau angelaufenen Kleinen, denen allmählich die Augen aus den Köpfen traten.
Jan zitterte, schlug im Stollen um sich. Die Wände hallten. „Tritt ein", rief es aus der Nische, die nun folgte. Einer mit Wollmütze führte sieben Halbbekleidete am Fesselband. Der Raum war mit Flachbildschirmen tapeziert. „Seht selbst eure Strafe

auf den Bildschirmen, ihr Nestbeschmutzer." Die Muckracker starrten auf die Schirme über ihnen. Lebenslänglich stand überall. „Komm rein, Jan, hierher gehörst du doch, Bester." Der Wollbemützte tanzte lachend auf ihn zu.
Jan rannte um sein Leben. Er krachte mehrmals an die Stollenwände. Die Nischen verschwanden hinter ihm. Dann kamen die Eisensprossen, geschlagen in den winzigen Schacht. Er presste sich hindurch und erreichte die Luke, bevor die Verfolger ihn zur Strecke brachten. Krachend stieß er mit voller Kraft dagegen, allein, sie öffnete sich nicht. Oder doch?
Jan erwachte mitten auf der Straße und konnte sich gerade noch zur Seite rollen, bevor ihn der Pkw in voller Fahrt mitriss. Wie war er hierher geraten? Er orientierte sich. Da stellte er fest, dass er genau in der nächsten Querstraße lag, die auf die Calle Almirante führte, die Straße, in der sie Quartier hatten. War er unten im Kreis gerannt, so wenige Meter nur vom Apartment entfernt? Er schlich durch das offene Tor, und über einen langen Korridor kam er tatsächlich in den richtigen Hof. Vorn erkannte er den Wachposten in Zivil, der aber nicht in seine Richtung schaute. Unbemerkt stürmte er in die Wohnung und legte sich sofort auf sein Bett. Jana und Ellen starrten ihn an wie ein Gespenst.
„Wo kommst du jetzt erst her?", flüsterte Jana. „Ist alles in Ordnung? Wo ist Jochen?"
„Jochen ist im Krankenhaus und hält Carmens Händchen. Dabei schläft sie doch bloß."
„Schläft? Das war ein Mordversuch, genauso wie bei Maria und Joseph. Ein Wunder, dass die drei noch leben. Wenigstens haben sie jetzt den Täter."
Ellen schüttelte verständnislos den Kopf:

„Du bist also nicht noch ins Krankenhaus gefahren? Warum lässt du Jochen in der fremden Stadt allein, mitten in der Nacht?"
„Hab ihm den Weg beschrieben, und gut. Hatte keinen Nerv für Krankenhaus und Intensivstation."
„Ja, aber wo warst du dann so lange?"
„Na, beim Wirt um die Ecke. An dem wir vorbeikommen, wenn wir zur Metro Chueca gehen. Ich war einen heben."
Jana schnüffelte an Jans Nase.
„Stimmt nicht, du hast keine Fahne. Denk dir mal überzeugendere Lügen aus. Das ist doch alles gar nicht wahr."
„Der Wirt hat mir nur was gezeigt, unten im Keller. Also, Ehrenwort."
„Dann hast du dich doch in den verbotenen Katakomben herumgetrieben. Ich wusste es", sagte Ellen triumphierend. „Du wolltest mir ja nicht glauben, Jana."
„Vorhin kam der Vermieter", berichtete Jana. „Erzählte uns, ganz allgemein natürlich, dass niemand etwas in den Kellergängen zu suchen hätte. Verboten wegen Gasvergiftungsgefahr – undichte Gasleitungen gäbe es dort. Das wusstest du alles, oder?"
Jan wurde rot, was im Dunkeln zum Glück keine der beiden Inquisiteusen sah.
„Lasst mich bloß in Ruhe. Ich will jetzt sofort meinen Schlaf."
„Bei drei Morden kann der noch schlafen", zeterte Ellen.
„Weiber", knurrte Jan und zog sich das dünne spanische Laken über den Kopf. Im Zimmer war es zwar dunkel, aber das Hoflicht sorgte dafür, dass sich die drei Schatten der Touristen in ihren Betten

deutlich im dunklen Raum abzeichneten.
Das war knapp, dachte Jan noch. Also Gas und Halluzinationen, mehr nicht. Nehmen wir besser den Korridor nach der anderen Seite und nicht den Eingang beim Wirt. Schon nickte er ein.
Ellen und Jana flüsterten weiter. Der Tag war zu aufregend – einschlafen konnten sie nicht. Jana verteidigte ihren Jan, aber Ellen hielt ihn in dieser Situation – entschuldige, Jana, es ist ja dein Mann – für völlig bescheuert. Was, wenn der unten verunglückt wäre? Gastod?
„Dann blieben nur noch wir zwei übrig", stammelte Jana. Sie weinte hemmungslos in ihr Kissen.

22: Wir überwachen...

Wir überwachen doch? Alles? Wir überwachen doch alle.
Benenne Er unsere Fehler!
Er lasse mitteilen, so habe Er sich eine Bewachung und Übertragung nicht vorgestellt. Auch zweifle Er, ob die richtige Auswahl von Szenen über die Auszuspähenden getroffen sei. Und ob das private, diskret von Ihm beauftragte Ermittlerduo die richtige Überwachungstechnik einsetzte.
Jedenfalls finde Er es unerträglich, Bilder aus Krankenhauszimmern statt intimster Beobachtungen fröhlich-naiver Touristen zu sehen. Zudem sei Ihm die Grenze zum Kriminellen überschritten. Wofür Er also sie beide, Ex-Stasisten und jetzt angeblich erfolgreiche Detektive mit eigenem Büro, bezahle, wisse Er momentan nicht. Es sei alles zu tun, befehle Er, die aus dem Ruder gelaufenen Dinge wieder unter die gebotene Kontrolle zu nehmen. Sie als Ermittler, sagte Er, hätten dafür schnellstens zu sorgen. Sonst fordere Er sein bisher gezahltes Geld bis auf den letzten Cent zurück.
Warum so verstimmt, Großer Auftraggeber? Wir wollen wirklich, wollen doch nur Ihr Bestes? Wir garantieren, garantieren doch spannendste Unterhaltung?
Er sehe, hier habe sich ein Überwachungsprozess

verselbstständigt. Es werden Ihm nicht genug intime Details der sieben Touristen exklusiv gezeigt. So seien Bilder übermittelt, die jedermann sehen könne, auch die Polizei. Aber nicht nur und ausschließlich Er. Diese Exklusivität sei aber von Ihm ausdrücklich vereinbart und Wesensvoraussetzung des geschlossenen Vertrages. Er werde diese Klausel durchsetzen, kompromisslos. Seine privaten Ermittler könnten sich darauf schon mal einrichten. Das sei Sein letztes Wort. Drei mögliche Tote in zwei Tagen, was solle das? Wollten sie schlafende Hunde wecken? Ihnen seien ausreichend Technik und Geld zugewiesen, um Ihm geheim Sehenswerteres vorzuführen.

„Du weißt nun, was zu tun ist", sagte Bürochef Diethelm Duscher zu Detlef Deinhaus, seinem Mitarbeiter.

„Sie wollen den Film, stimmt's?"

„Klar, einen Zusammenschnitt der intimsten Szenen von Sonntag bis Montagnacht, verkauft als aktuelles Geschehen. Schneiden, schneiden, nochmals schneiden, heißt die Devise", dozierte Duscher. „Du weißt, wie du wenigstens eine vernünftige Filmstunde mit Schwerpunkt Badezimmer kleisterst. Ich verstehe Ihn allerdings auch nicht. Sonst war Er doch mit unseren spannenden Szenen immer am zufriedensten. Doch die Mordversuche gehen auch mir zu weit. Feinde ärgern, heißt nicht Feinde morden. Außerdem haben wir noch nicht mal gutes Material von den Tatorten. Nur Bildermatsch, keiner erkennt die Einzelheiten."

„Weil Sie dem Gewinn zuliebe an der Technik sparten, Chef", entgegnete Deinhaus trocken.

*

Die Tulpensteindatei – daher stammten die Dossiers der Halbglatze. Ribera überflog sie auf seiner Couch vor dem Einschlafen. Es war jetzt Dienstag, nachts zwei Uhr. Lustlos blätterte er – einfach nicht die richtige Lektüre. Spannender erschien ihm, dass sich Jan in Madrids Unterwelt herumgetrieben hatte. Was wollte er dort? Und Jochen: Schlug sich nachts auf eigene Faust bis in die Intensivstation des Krankenhauses durch, nur um dann händchenhaltend am Bett seiner leblosen Carmen zu sitzen. Merkwürdig.

23: Carlos, hörst du…

„Carlos, hörst du mir zu?"
Carlos schüttelte den Kopf. Ribera saß ihm im Glaskasten gegenüber, draußen stand der Chef vor der Scheibe und tobte bei der ersten Frage. Der Kommissar sah die zitternden Hände des Verhafteten.
„Carlos, du bist beschuldigt, Mordversuche an zwei Menschen vorsätzlich verübt zu haben, an den Deutschen Maria und Carmen. Die Person Joseph könnte möglicherweise nicht zu deinen Opfern gehören, aber auch hierzu benötigen wir von dir genaue Angaben. Ebenso über ein Alibi, wenn du eins hast. Du kannst jetzt die Aussage verweigern. Willst du einen Anwalt?"
Carlos verneinte. Schwieg.
Im Abhörraum brüllte der Hauptkommissar: „Was soll der Bullshit? Blödsinnig, Ribera. So überführen Sie den nie!"
Er stürmte in die Glaskabine.
„Ribera, raus hier. Verlassen Sie sofort den Raum. Ich führe das Verhör."
Carlos zitterte stärker. Aber er lächelte auch.
„Ich habe nichts getan", sagte er leise.
„Falls Sie die Güte haben, Carlos, kurz Ihr Sündenregister zu hören: Kokain in der Wohnung,

Kontakte zu polizeibekannten Verbrechern, Flucht vor den Behörden, Kidnapping, Auto- und Kreditkartendiebstahl, Kontomissbrauch. Da reden wir noch nicht von den verunglückten Morden, mein Verehrtester. Wir brauchen Ihr Geständnis gar nicht, um Sie bis zu einem Prozess monatelang hinter Gittern schmoren zu lassen."

„Hab ich alles nicht gemacht", erwiderte Carlos furchtsam.

„Vergessen Sie solche Mätzchen", fuhr ihn der Hauptkommissar an.

„Und dann, nach dem Diebstahl der Kreditkarte und Ihrem Geldklau, steckten Sie die Karte heimlich zurück, indem Sie in das Quartier der Touristen eindrangen. Später beobachteten Sie die sieben weiter, und als alles außer Kontrolle lief, haben Sie einfach zugestochen: erst Maria, dann Joseph, dann Carmen im Museo del Prado. Sie waren an allen Tatorten in unmittelbarer Nähe der Opfer. Und zwar immer zur Tatzeit."

Der Hauptkommissar baute sich massig vor Carlos auf und beugte sich über ihn.

„Ihre Lügen sind zwecklos."

„Warum sollte ich zugestochen haben? Kenn die Typen doch gar nicht. Und der, den Sie da Joseph nennen, der ist nicht durch Stiche verletzt. Der ist einfach so umgefallen."

„Sehen Sie, alles haben Sie fein beobachtet, vor und nach Ihren Taten. Und weshalb behaupten Sie, die Touristen nicht zu kennen? Sie haben doch Maria nachweislich den ganzen Tag lang verfolgt? Wieso, wenn Sie die Dame nicht kennen?"

Die Dame. Ribera, der das Verhör im Abhörraum verfolgte, fasste es nicht. Die Dame.

Wie konnte er meinen, darauf eine verwertbare

Antwort zu bekommen? Er bläst sich immer nur auf, zerstört unsere Ermittlungen, unsere Verhörtaktik, alles, gnadenlos.
Carlos schwieg wieder. Der Hauptkommissar fluchte, tobte, beleidigte ihn. Carlos schwieg. Ribera sah noch, wie der Chef aus dem Raum rannte und schrie:
„Mistkerl, verdammter, zusammenschlagen sollte man den. Human, viel zu human sind wir."
Er warf Ribera die Geste hin, wieder zu übernehmen, hetzte den Gang entlang, vorbei auch an Fremden, Reportern, die er doch bemerken und aus dem Haus weisen müsste, und schloss sich in sein Büro ein.
Jetzt hört er wieder Musik. Ribera kannte den Ablauf. Er bestellt bei seiner Sekretärin extra starken Kaffee, massiert sein Herz, frisst Plätzchen bis zum Exzess. Der Kommissar seufzte und betrat erneut den Verhörraum.
„Nimm nicht so genau, was eben gesagt wurde. Wichtig ist: Warum hast du es getan?"
„Ich hab es nicht getan. Ich wollte doch den stellen, der diese Morde vorhatte. Weil ich doch nur so meine Unschuld beweisen kann, wenn ich ihn auf frischer Tat habe. Sonst glauben Sie mir nun einmal kein Wort, mir, einem jämmerlichen Trickbetrüger, den Sie schon mindestens... weiß ich, wie oft, eingelocht haben. Aber ich hab ihn nicht erkannt, den Richtigen, obwohl ich genau daneben stand."
„Carlos, bitte, überleg, was du sagst. Beweise mir erstmal, dass du nicht der Richtige bist."
„Also", sprudelte es aus Carlos heraus, „also, das mit der Kreditkarte war Mist, das geb ich ja zu. Es war ein Riesenfehler, genau wie die Geiselnahme. Aber, aber, das Kokain hat mir echt der Kerl ins Zimmer

geschmissen, der mich auch zum Abhauen mit dem feinen Schlitten gezwungen hat. Den hat der doch vor die Haustür gestellt, wo sollte ich denn so eine Karre herkriegen?"

„Klauen", sagte Ribera trocken. „Klauen kannste die, geht ja sonst auch."

„Ehrenwort", erwiderte Carlos, „ich habe das nicht..." Er stockte, begriff in diesem Moment seine aussichtslose Lage. Alle Tatsachen sprachen klar gegen ihn. Er hatte ja keine Chance. Carlos ließ, theatralisch, wie Ribera fand, den Kopf auf den Tisch fallen und heulte los wie ein Kind.

„Was soll ich denn gestehen", jammerte er. „Was wollt ihr von mir?"

Ribera stutzte und hatte diesen Anfall dann doch nicht so erwartet. Das sprach für Carlos, eindeutig, dass er ganz erbärmlich zusammenfiel. Am Ende war er eben nicht unser Mann?

„Gehen wir mal anders ran", lenkte er ein.
„Beschreibe mir doch so genau wie möglich, was mit den Deutschen passiert ist. Wie hast du ihre Zusammenbrüche gesehen?"

„Einen haben Sie viel besser beobachtet als ich. Marias Mann meine ich. Dieser Joseph ist ja vor euren Augen bewusstlos geworden. Weit weg saß ich von dem, am anderen Ende des Platzes. Nur bei Maria war ich ganz dicht dran, dichter als an Carmen. Aber es herrschte so ein Gedränge in der Straße. Die Demonstranten fluteten zurück, diese entsetzliche Enge, ich hatte Mühe, Maria auf den Fersen zu bleiben. Da sah ich, wie sie blutete. Doch in dem Moment scherte sie schon aus, hielt sich am Container fest, der vor dem Bürgersteig abgestellt war, und sackte zusammen."

„Und Hilfe rufen, dazu konntest du dich nicht

durchringen – wenn du schon alles so genau gesehen hattest?"
„Glauben Sie mir, Kommissar, nichts ging mehr. Unfähig zu denken, stand ich herum, hilflos, genau wie Maria. Gelähmt. Panik ergriff mich – und das wiederholte sich im Museum. Da war ich auch so dicht hinter dieser Deutschen, und die vielen Leute drängten sich um mich. Keine Ahnung, warum sie plötzlich hinfiel, wer sie verletzt hatte und wo. Sie stürzte einfach. Erst als sie hinfiel, sah ich, dass sie wirklich die Deutsche war, der ich folgen wollte."
Ribera überlegte.
„Wir machen jetzt eine Pause. Du denkst über alles nach. Was gibt es für Details, die dir zunächst bedeutungslos erschienen sind? Geh den Ablauf noch einmal in Gedanken durch, denke auch an scheinbar Zusammenhangloses. Versuch, dich an die Personen zu erinnern, die neben dir im Gedränge standen. Wen genau hast du mehrmals gesehen, wer im Museum sah ähnlich aus wie Herumstehende auf der Straße? Das ist ganz wichtig, rekonstruiere die Szenen sorgfältig, lass dir Zeit. Ist dir in der Wohnung der Deutschen was aufgefallen, als du Maria die Kreditkarte geklaut hattest? Was war anders, als du sie zurücksstecktest? Gibt es nicht irgendeinen Hinweis auf mögliche Befehlsgeber, an die du erst gar nicht gedacht hattest? Könnte dieser Riese ein Drahtzieher sein? Oder ist er auch nur ein kleines Licht wie du?
Also, für welchen Auftraggeber hast du tatsächlich gearbeitet, als du den Deutschen nachspioniertest? Waren die Aufträge völlig anonym, oder fallen dir Kleinigkeiten ein, wen du dahinter vermutest?
Denke immer daran, dass mit du deiner Aussage weiteres Unglück verhinderst. Wenn du es nicht

warst, kann es zum nächsten Mordversuch des wirklichen Täters kommen. Wir müssen schneller sein als der Mörder. Es ist ja auch möglich, dass er mal keine halben Sachen mehr macht. Ich brauche Fakten von dir, Fakten. Keinerlei Zweifel besteht, dass jemand versucht hat, die drei deutschen Touristen umzubringen. Wer war es, wenn du unschuldig bist?"
Ribera verließ den Raum und ordnete an, Carlos wieder in die Zelle zu bringen. Er ging in sein Büro, um sich nunmehr den Dossiers der Tulpensteindatei gebührend zu widmen.
Worin bestand das Grauen an diesem Tag? Carlos' Verweigerung schockierte Ribera nicht. Er überflog die Handytelefonliste, aufbereitet von Anita. Natürlich war Carlos beauftragt worden, die Deutschen zu beschatten. Und der Kreditkartendiebstahl, der offenbar nicht ausgemacht war, erregte den Unwillen der Auftraggeber. Unkenntliche Stimmen übermittelten Aufträge und Kritik über nicht registrierte Handys. Der Riese steckte aber mit drin, obwohl auch seine Stimme behandelt oder sogar nachgesprochen worden war. Metallen hatte er, wie ein Automat, Carlos einen Auftrag vorgespielt und Ergebnisse abgefragt. Handys waren nicht zu orten. Hintermänner blieben im Dunkeln.
Das Grauen lag auch nicht im Ablauf des Verhörs, ebenfalls nicht in der Reaktion des Chefs. Der würde sich beruhigen. Ribera hatte wenigstens ein Dutzend solcher Hauptkommissare in den letzten zwanzig Jahren als Kriminalpolizist erlebt. Sie kamen und gingen, aber die kleinen Mitarbeiter, zu denen er sich zählte, blieben.
Das Grauen begann mit der Presseübersicht, die vor

ihm lag. Und mit den Meldungen von Lope, die Anita draufgelegt hatte. Dessen Beitrag in seinem Blatt über die eingelieferte Carmen und Jochens Besuch in ihrem Zimmer war rührselig, aber harmlos, zum Glück. Ganz im Gegensatz zur Regenbogenpresse. Vor dem Apartment der Deutschen standen jetzt fliegende Zelte mit unzähligen Reportern und Kamerateams. In den Hof drangen immer wieder Journalisten vor, die Polizeisperren ignorierten und unmittelbar vor dem Eingang in die Wohnung Stellung bezogen, ja, Stellungen waren das, militärische Posten. Über Handys holten sie sich Instruktionen, wo sie sich aufzupflanzen hatten, sie übermittelten Bilder per Handy, Foto- und Fernsehkameras. Eine lückenlose, offene Komplettüberwachung – aber es war nicht diejenige der Polizei. José und Anton wurden mit den Reportern nicht fertig, aber Streifenpolizisten kamen nicht zu Hilfe. Jetzt sollte beschlossen werden, ein Sondereinsatz-Kommando aufzustellen, das für Ordnung zu sorgen hatte. Aber es dauerte. Clever hatte Lope den Deutschen, Jochen, in einem Spezialtaxi bis vor die Unterkunft begleitet und ihn dann in die Wohnung an den Reportern vorbeigeschleust. Vor dem Krankenhaus musste die Feuerwehr immer noch ständig Mobilkräne wegschaffen. Klinikchef Doktor Pradello forderte pausenlos neue Feuerwehrkräfte an, die seine Stationen vor der Presse abriegelten. Die Polizei besaß nicht genügend Einsatzpersonal, um ihm zu helfen. Feuerwehrleute trugen Reporter aus der Klinik, sperrten das Gelände rund um das Krankenhaus. Abschleppdienste mit Großraumhängern luden Kräne auf und fuhren sie weg.

Das Grauen war genau diese Hybris: die Reporter, die Kameras, Mikrofone, Handys, Kräne, ja Steckleitern, mit denen Presseleute auf Dächer klettern wollten. Sie schossen an den vermeintlichen Brennpunkten wie Pilze aus dem Boden, vermehrten sich stündlich. Selbst das Prado-Museum war von Reportern lahmgelegt und musste schließen.
Das Grauen verschonte selbst das Kriminalgebäude nicht. Er selbst hatte keine Gespenster gesehen. Als angebliche Reinigungsbrigaden, Paket- oder Briefausträger schleusten sich Journalisten in die Diensträume der Polizisten, schossen sofort Fotos, versuchten, Mitarbeiter zu interviewen.
Ribera hörte den tumultartigen Lärm, als die ersten versuchten, Anitas Computer mitzunehmen. Schließlich drehte der Hauptkommissar durch. Er ließ das Gebäude wie eine Festung verriegeln. Niemand kam hinein oder hinaus. Die Journalisten wurden in Kellerräume gesteckt und eingeschlossen. Das Grauen aber hörte nicht auf. All diese Geschehnisse konnten voyeuristische Zuschauer live im Fernsehen verfolgen. Big-Brother-Anfragen gingen bei den Sendern ein, Freiwillige boten sich an, auf eigene Faust in die Gebäude einzudringen.
Im Krankenhaus war ordentliche Patientenbetreuung nicht mehr gesichert. Notdienst lief ab, hinter verschlossenen Fenstern. Patienten schrien in den Zimmern. Krankenschwestern irrten ziellos durch Gänge, um Reportern zu entkommen. Doktor Pradello verhängte den Ausnahmezustand auf dem Krankenhausgelände. Auch er ließ abriegeln. Intensivstation und Notaufnahme wurden vorläufig geschlossen, als sich Kamerateams über

diese Zugänge in die Richtung der Zimmer vorarbeiteten, in denen die Deutschen lagen.
Handys der Zeitungsredakteure in ganz Spanien glühten. Berichte mit völlig aus der Luft gegriffenen Schlussfolgerungen erschienen in den Blättern. Madrid riss den Zeitungsverkäufern an den Kiosken die Tageblätter aus der Hand. Auflagen stiegen auf Allzeit-Rekordhochs. Verleger ordneten Dauerberichterstattung an. Freie Journalisten waren in Madrid bereits Mangelware. Niemand schaffte es, neues Personal zu rekrutieren. Das Konzept des Festhaltens und Festsetzens möglichst aller Journalisten, wo sie nur zu greifen waren, brachte die Polizei in Erklärungsnotstand.
Ribera sollte zeitgleich: Carlos weiter verhören, Pressekonferenzen geben, Interviews mit allen Tageszeitungen vorbereiten und autorisieren, Ermittlungen zu weiteren Verdächtigen organisieren und führen, hunderte Dokumente schreiben und parallel tausende auswerten. Vorgesetzte, Politiker, Staatsanwälte und Verteidiger, die deutsche Botschaft – alle wollten ausschließlich von Ribera alle Informationen zum aktuellen Stand der Ermittlungen.
Ribera telefonierte mit dem Chef:
„Zuerst verhören – in einer Stunde?"
„Ja, behalten Sie bloß die Nerven. Sie sind hier mein bester Mann."
Auf einmal, grinste Ribera.
„Ehrlich, Kommissar, wenn ich Sie nicht hätte, ich würde glatt den Überblick verlieren."
Wie immer, dachte Ribera.
„Was ist mit den geforderten Pressekonferenzen, können Sie...?"
„Ich regle das, Ribera, versprochen. Sie werden mit

nichts anderem als dem Verhör beschäftigt. Aber: Studieren Sie unbedingt zwischendurch die Dossiers. Wir bekommen erneut Besuch von der Botschaft."
Die Halbglatze, die fehlte auch noch.
„In einer Stunde bereits. Beeilen Sie sich mit dem Verhör und dem Lesen. Oder, schieben Sie das Verhör lieber auf, wir wollen da nichts überstürzen."
Ribera schob aber das Verhör nicht auf. Sollte doch die Halbglatze warten.
Er telefonierte mit Anita vom abhörsicheren Festnetztelefon in seinem Büro.
„Leg mir das Apartment auf den Laptop. Ich will sehen, was unser Quartett treibt."
Anita kündigte die Bilder für die nächsten Minuten an. Zuerst sah Ribera, wie alle vier am Wohnzimmertisch saßen, vor der Glasfront mit der Wohnungseingangstür. Sie sprachen nicht.
„Den Ton noch, Anita."
„Ist zugeschaltet, Franjo. Sie reden aber seit Stunden nicht."
Bald erkannte es Ribera. Sie schrieben auf Toilettenpapier, das – nach Erreichen einer gewissen Stapelhöhe – von Jan in der Toilette versenkt und weggespült wurde. Zum gegenseitigen Lesen stellten die Deutschen die Blätter steil an. Keine Chance für Kameras in der Wohnzimmerdecke.
Sie wissen, dass wir sie komplett überwachen. Clevere Truppe.
„Anton, einer von euch muss rein zu ihnen", befahl Ribera.
„Packen wir nicht, Franjo, bei den vielen Journalisten kann keiner allein den Eingang bewachen. Unmöglich." Antons Stimme bebte.

„Ich schicke Streifenwagen. Warte, bis die kommen, dann gehst du los."

*

Im Verhörraum. Carlos zitterte nicht mehr. Er gestand einfach, Maria abgestochen zu haben. Aber nur Maria. Mit Joseph und Carmen habe er nichts zu tun. Er wolle sowieso vorläufig im Bau bleiben, weil er Angst vor dem Medienrummel habe. Außerdem laufe der Riese frei rum und werde ihn garantiert töten. Ribera könne ihn draußen nämlich nicht schützen. Vielleicht schaffe er es wenigstens hier im Knast des Kommissariats. Denn die Macht sei bei den Zeitungen, eindeutig, proklamierte Carlos stolz seine wichtige Erkenntnis. An Details, wie sie der Kommissar gefordert hatte, erinnere er sich nicht.
Ribera hörte zu und glaubte kein einziges Wort. Zunächst hatte er aber einen richtigen Mörder zum Vorzeigen. Damit konnte er Zeit kaufen. Ich lass jedenfalls die Deutschen nicht aus der Kontrolle. Carlos mochte ihm auftischen, was er wollte.
„Chef, der Täter ist geständig", meldete er.
„Kommen Sie, mein Bester, kommen Sie doch in mein Büro. Der Herr Botschafter, äh, Mitarbeiter der Botschaft natürlich, erwartet Sie. Die Dossiers haben Sie gelesen?"
Ribera brachte es nicht übers Herz zu verneinen.
„Ja, ich ..."
„Gut, ausgezeichnet, Bester. Wenn Sie nur einigermaßen über den Inhalt informiert sind, wird es klappen. Spielen Sie einfach mit, nur für mich, Ribera. Sie sind mein Superkommissar, ehrlich."
Der Chef verströmte Lob – über die Ermittlungen,

die vorzügliche lückenlose Überwachung, den „kontrollierten Gang der Aufklärung heimtückischer Morde", wie er es formulierte.
„Die Presse informiere ich persönlich", verkündete er, „sofort nach unserem Meeting. Und ich werde für Ordnung vor unseren Baustellen sorgen – Kommissariat, Krankenhaus, Wohnung der Touristen."
Jetzt war das schon ein Meeting, jetzt sorgte er wieder für Ordnung. Ribera schüttelte abermals den Kopf. Bald machen wir eine Präsentation draus. Mit bunten Bildern vom Tatort. Er unterschlug, dass die anderen beiden Mordversuche überhaupt nicht geklärt waren, sie nichts über die oder den Täter wussten und auch die Ermittlungen nicht vorankamen. Hauptsache, es gab einen Täter. Den Täter. Carlos. Der musste reichen. Und wenn sie ihm die zwei Mordversuche anhängten, die er bestritt.
Carlos wurde in seine Zelle geführt, und Ribera ging ins Büro des Chefs.
In der Wohnung des Quartetts geschahen seltsame Dinge, als Ribera den Laptop ausschaltete.
Bettlaken und Bezüge lagen auf einem Haufen. Ellen, die auch gut dekorierte, knüpfte die Einzelteile zu einem großen Tuch. Jan und Jana spannten es wie ein Zeltdach zwischen Treppenaufgang ins Obergeschoss und Gardine über den Fenstern der Eingangstür.
Kameras ausschalten, hatte Jan auf ein Stück Klopapier geschrieben.
Hab Nähzeug, schrieb Ellen.
Jan: So breit wie möglich aufhängen.
Jana: Halt an der Treppe fest.
Jan: Im Bad die Leiter – nehmen.
Jochen: Ich zieh die Betten ab.

Jan: Mach dein Zimmer oben clean.
Jochen: Wie?
Jan: Du bist doch Elektriker. Spür die Wanzen auf. Dann hauen wir ab. Beeilung.

24: Mein Lieber...

„Mein Lieber", strahlte der Chef, als Ribera eintrat. „Glückwunsch nochmals und vor einem Zeugen!"
„Das ging ja fix", sagte die Halbglatze. „Hoffentlich bleibt es bei einem Täter? Oder sind es doch mehrere? Kleiner Scherz, ha, ha."
„Übrigens, die Botschaft will uns unterstützen, Ribera."
„Sie brauchen Verstärkung", befand die Halbglatze. „Wir bezahlen Ihnen eine Spezialtruppe mit Supertechnik zum Überwachen. Fünfzig Mann, Ribera. Alle sind Kader aus der Armee – schon eingeflogen. Sie werden die Trupps befehligen – persönlich. Davon verspreche ich mir viel. Die überwachen unsere Touristen, lückenlos, vor dem Apartment, im Krankenhaus und bei ihren Streifzügen durch Madrid. Wir bezahlen auch Brillen, mit denen wir sie ausstatten, neueste Technik, integrierte Kameras und Internetverbindung. Sie können alles überwachen, was die Spezialisten sehen, wenn Sie wollen. Ziel: Alles aufzeichnen, in Wort und Bild sozusagen, ha, ha."

Das Lachen geht mir sowas von..., dachte Ribera.
„Was sagen Sie dazu, mein schweigsamer Kommissar, ist das nicht toll?", flötete Hauptkommissar Orton. „Das löst doch mit einem Schlag alle Probleme, oder?"
Ribera schaute mürrisch auf die beiden Strategen.
„Schlau ausgeknobelt, zugegeben. Können wir aber, irgendwann, irgendwo, in Ruhe ermitteln? Und zwar auf unsere Weise?"
„Interessant wäre, welche Weise Sie gerade spielen", äußerte der Botschaftsheini – wenn er denn überhaupt einer war – verstimmt. „Sie sind ein Kritiker, Ribera, ich spür 's. Geben Sie sich einen Ruck und nehmen Sie unsere Hilfe an. Zeigen Sie Respekt, großer Ermittler."
Der Dicke lachte wieder. Der Chef lachte ebenfalls. Lustiges Duo. Gut gelaunt.
„Zunächst räumen wir das Kripohauptquartier frei", erläuterte die Halbglatze. „Dann haben Sie erstmal Ruhe vor der Pressemeute. Für Ihre Weise, meinetwegen. Dann geht's weiter. Kein Journalist kommt mehr ins Krankenhaus rein. Übrigens, vergessen Sie Ihren Lope Schultz. Der hat keine Ahnung, ein ganz mieser Rechercheur. Sagen alle seine Kollegen. Wird bald entlassen. Weiter. Das Apartment. Wir räumen jeden Kameramann, jeden Reporter vor dem Eingang ab. Und lassen keinen mehr in den Hof rein – außer Touristen natürlich."
„Das alles bekommen wir auch mit unseren Kräften hin, es ist vorbereitet", entgegnete Ribera.
„Möglich. Aber wann?", lachte der Dicke. „Wenn Sie die nächsten Halbtoten ins Krankenhaus schaffen? Wir wollen das sofort sichern, heute, jetzt. Es gibt auf unserer Seite höchstes Interesse, damit nicht bis morgen zu warten."

„Gut, dann setzen Sie selbst drei fähigen Leuten von Ihren Spezialisten den Hut auf – Kommandoübernahme über die Zugänge zu Kommissariat, Wohnungshof und Krankenhaus. Die sollen das Überwachen organisieren, und wir bekommen deren Bilder und Filme. Alle. Wir nehmen die restliche Brillentruppe unter unsere Fittiche, und wir werden mit denen die Deutschen überwachen. Diesen Job lasse ich mir nicht aus der Hand nehmen."
„Einverstanden. Ein fairer Deal, finde ich. Sie auch, Orton?"
Der Dicke grinste.
„Kleine Anmerkung. Wir wollen in die Wohnung. Sichern Sie uns das staatsanwaltlich? – Danke. Der Vermieter ist informiert und lässt uns freie Hand."
„Hängen Sie sich bei all Ihren Touristen so rein? Warum das große Interesse?"
„Mordanschläge, noch dazu in Serie, beunruhigen unser Sicherheitsempfinden als Staat erheblich. Gerade in diesen Zeiten. Schnell landet man bei einem terroristischen Hintergrund. Das wollen wir ausschließen. Noch können wir es, wenigstens teilweise. Helfen Sie uns, und lassen Sie sich helfen, Menschenskind, Ribera."
Der Kommissar nickte müde.
„Noch eins. Die Dossiers. Verhören Sie doch auf Basis dieser Erkenntnisse das verbleibende Quartett. Stellen Sie sicher, dass alle Schwachstellen abgeklopft sind."
Wieder lachten der „Diplomat" und der Chef. Nur er, Ribera, blieb humorlos. Das Ganze gefiel ihm nicht. Aber er konnte keine Gründe dafür finden. Er musste wohl oder übel mehr über die Deutschen herausbekommen.

„Lassen wir es dabei. Melden Sie Ihre drei Verantwortlichen. Danke, meine Herren."
Ribera erhob sich, förmlich nickend, und verließ den Raum.
„Gekränkte Eitelkeit, was?"
„Er ist nicht immer so", meinte Orton. „Aber seinen eigenen Kopf hat er nun mal, das ist ihm nicht mehr auszutreiben."
„Versuchen Sie's trotzdem immer wieder. Es ist besser für Sie. Als Chef. Sie sind der Boss, habe ich Recht?"
Der Hauptkommissar nickte, rot im Gesicht.
„Die Meldung über unsere Einsatzkräfte erhalten Sie in spätestens einer Stunde. Dann lassen Sie die Jungs ins Kommissariat. Sie werden sehen, wie schnell die Presse weg ist. Das geht ruck-zuck, wie wir bei uns sagen, ha, ha."
Lachend verabschiedete sich der Sicherheitsbeauftragte der Deutschen Botschaft in Madrid. Oder? Welche Rolle spielte er? Der Hauptkommissar setzte zu dieser Frage an, da kam ihm der Dicke zuvor:
„Ich bin nur ein kleiner Botschaftsangestellter. Richtig: im Bereich Sicherheit. Wiegen Sie Ribera ruhig in dem Glauben, ich wäre sowas wie eine Führungskraft. Danke für Ihr Entgegenkommen, Señor, morgen bin ich wieder bei Ihnen beiden zu Gast. Freue mich."
Orton begleitete ihn zum Ausgang und ließ ihn persönlich raus. Zehn bebrillte Uniformierte standen vor der Tür, von Journalisten keine Spur.
„Sehen Sie, wir haben alles im Griff. Lassen Sie mal die Jungs an die Schalthebel. Adios, Señor Orton."
Er wackelte zu einem schwarzen Mercedes, dessen Fahrer schon auf ihn wartete und langsam auf ihn zu

fuhr. Das spiegelblanke Blech funkelte in der Mittagssonne.

*

Anita informierte Ribera, dass sie im Apartment nichts mehr sahen.
„Wir empfangen nur Milchbilder."
„Wieso denn", rief Ribera verärgert. „Was ist das für ein Mist?"
Er sah selbst, dass er nichts mehr klar sah.
„Sind sie überhaupt noch drin?"
„Wahrscheinlich nicht mehr", vermutete Anita.
Anton wusste auch nichts. Er kam nicht in den Hof rein. Alles voller Menschen, der reinste Presseball, stöhnte er. José war noch nicht angekommen. Sie wussten nicht, wie sie sich vor den Reportern schützen sollten.
„Was sagen wir denen, Ribera?", fragte Anton.
„Nichts natürlich. Sie sollen auf unsere Pressemitteilung warten. Die kommt am Mittag."
José traute sich vermutlich nicht ins Hofinnere. Anton auch nicht, er überblickte die Szene vom Büro des Vermieters. Die Polizisten im Streifenwagen wichen von ihren Posten ebenfalls keinen Millimeter zurück.
Aus dem Nichts tauchten zehn Bebrillte in schwarzer Uniform auf und räumten wortlos den Hof. Sie trugen alle und alles einfach hinaus auf die Straße. Zwei riesengroße Uniformierte sperrten die Hofeinfahrt. Der Spuk war in zehn Minuten vorbei.
Als ein besonders lästiger Journalist mit Gewalt eindringen wollte, zog eine Brille kurz die Pistole: „Hau ab, oder es knallt."
„So geht das doch nicht!", rief Ribera. „Das war nicht

vereinbart. Ich will erst den Namen des Verantwortlichen. Und die Genehmigung unseres, des spanischen, Staatsanwalts."
„Die Mail kam gerade. Er heißt Hans Müller. Der Scan mit deiner Genehmigung steckt im Anhang der Mail. Zum Ausdrucken wahrscheinlich."
„So ungefähr hab ich mir das gedacht", schimpfte der Kommissar. „Wenn man sich mit dem Teufelspack auch nur eine Sekunde einlässt."
Prompt stürmten zwei Bebrillte die Eingangstür und brachen sie brutal auf. Sie rissen die Laken herunter – und schrien auf. Küchenmesser stürzten auf sie herab. Brillen sprangen entzwei. Wäre alles nicht so bitter ernst, dann hätte jetzt Ribera am liebsten laut gelacht: „Profis, was für elende Profis!"
José und Anton rannten auf den Eingang zu.
Das Quartett war weg. Es hatte die Gelegenheit genutzt, als die Brillen den Hof stürmten und die Medienmeute verschwand. Raus, und über den Hof ins Nachbarhaus, durch den langen Korridor, dirigierte Jan. Sie waren auf einer Nebenstraße gelandet. Jochen blieb stehen, er hatte plötzlich Schmerzen im Kopf. Wir dürfen nicht mehr zurück, rief Jana. Wir müssen weiter, bevor sie uns entdecken. Pause im nächsten Café, befahl Jan. Dort rutschte Jochen vom Stuhl, exakt wie Joseph. Sie riefen den Wirt, der benachrichtigte einen Krankenwagen. Die Drei beobachteten aus sicherem Versteck Jochens Transport ins bekannte Krankenhaus. Er war bewusstlos. Auf die bekannte Weise.
Nun kam es zum Streit. Jan plädierte für Abhauen. Jana wollte sich stellen. Ellen, sie hatte die Messer in die Laken geknüpft, unterstützte einerseits Jan, dann aber Jana. Über dem Zank vergaß niemand die

Angst, selbst das nächste Opfer zu werden. Das alles spielte sich immer noch auf Zetteln und Toilettenpapier ab. Wir müssen davon ausgehen, überall ausspioniert zu werden, behauptete Jan. Sonst hätten ja die Mordversuche nicht geschehen können. Schon über diesen Satz gab es heillosen Streit.
So einfach sei das ja nicht mit dem Überwachen, dazu benötigte man viel Technik, wer hatte die hier schon, wenn ja, wer schaltete die immer an, die seien doch nicht reich, ihr seht, die Spanier streiken heute schon wieder, überall Demonstranten unterwegs wie am Sonntag...

Jana und Ellen schlugen vor, zur Ermità de San Antonio de la Florida zu pilgern, am Rio Manzanares entlang. Sie mussten jetzt nur die Richtung zum Königspalast einschlagen, dann zum Fluss, und nördlich würden sie rechter Hand, direkt an der Hauptstraße und vorbei am Denkmal Goyas, die kleine Kirche mit seinen Fresken erreichen. Auf die Idee, uns dort zu suchen, kommt niemand, versicherte Jana treuherzig.
Neben der Ermità sei übrigens ein uriges Restaurant, ergänzte Jan – wenn jemand Appetit hätte, was zu essen. Ellen und Jana verneinten heftig. In dieser Situation könne man nicht ans Essen denken. Aber es war die beste Lösung, fanden sie. Im Krankenhaus des Dr. Pradello, wo nunmehr vier ihrer Freunde auf der Intensivstation lagen, würden sie garantiert aufgespürt und von der Polizei festgesetzt.
Ribera, Anton und José erreichten, begleitet vom Brillenkommando, das Café nahe beim Quartier der Deutschen. Der Wirt konnte nicht sagen, wohin das

Trio verschwunden war. Möglicherweise in die Richtung des Palacio Real? Die drei Ermittler und die fünf Uniformierten rannten weiter. Die Brillen filmten den Wirt und die Gäste. Unterwegs stellten sie die Streams ins Internet. Anita war angeschlossen und sollte, so der Hauptkommissar, alle Gesichter checken. Vielleicht spüren wir den Mörder auf? In einer unserer Dateien? Ribera hielt das für unsinnig und bat Anita, nur im Ausnahmefall zu prüfen. Wichtiger war, endlich den Riesen aufzuspüren, von dem Carlos ständig gesprochen hatte. Er musste geklaute Handys besitzen, die er nach jedem Anruf wegwarf. Sie konnten ihn nicht lokalisieren.

Auf der Straße schaltete die Brillentruppe jetzt den Zugang zu den Videokameras vor dem Königspalast, mit Eingängen und Foyer, frei. Gleichzeitig aktivierten die Uniformierten das Sensorprogramm Follower und tappten hinter Ribera her. Das Stadtleben um sie herum nahmen sie nicht mehr wahr. Anton und José dirigierten sie wie Blinde. Ribera konferierte über sein Handy mit Anita, Dr. Pradello und Lope Schultz, den er zum Beseitigen von Medienpräsenz brauchte. Denn die Journalisten hatten schon das Straßencafé erreicht und versuchten, erneut zum Krankenhaus durchzukommen.

Dr. Pradello bestätigte, dass Jochen ebenso wie Joseph – die Ähnlichkeit ist verblüffend, Franjo – ohne äußerliche Anzeichen auf Kreislaufversagen zusammengebrochen war. Wir finden nichts, auch keine giftigen Substanzen im Blut. Unsere Experten sehen nur die Zusammenhänge mit den anderen Opfern. Die künstliche Ernährung hält sie am Leben, aber sie wachen nicht auf.

Auf dem Gelände des Königspalastes entdeckten sie das Trio nicht. Ribera forderte einen Hubschrauber an. Er ließ die Brillen zurück, nicht ohne die Verpflichtung, alle Videos an Anita zu senden. Über der Stadt entdeckten sie die Deutschen, als sie vom Fluss abbogen und auf die kleine Kapelle zusteuerten. Lasst sie rein, befahl Ribera, falls das ihr Ziel ist.
Erneut zögerte er mit dem Zugriff. Vielleicht erhielten sie beim Beschatten neue Hinweise, Zeichen, die er dringend für die Aufklärung dieses mysteriösen Falles benötigte. Hauptkommissar Orton ging ihm schon wieder auf die Nerven: Pleite, tönte es in seinen Ohren, absolute Pleite. Ich löse Ihr Kommissariat auf, Ribera, und versetze Sie in den Streifendienst, höchstpersönlich. Ihre Polizeiehre steht auf dem Spiel. Der Kommissar schaltete das Handy ab. Er betrat mit seinen beiden Assistenten den kleinen Vorraum der Ermità.

Der Italiener Felipe Fontana hatte bis 1792 die Kapelle erbaut, die 1799 von Goya mit den Fresken ausgemalt wurde. Der Hofmaler Karls des Vierten gestaltete den Augenblick, in dem der Heilige Antonius, ein Franziskanermönch, im 13. Jahrhundert seinen sterbenden Vater in Padua öffentlich vom falschen Vorwurf der Tötung eines Menschen freispricht.
„Sie können reingehen", sagte die ältere Dame im Vorraum. „Es kostet nichts."

25: Ribera seufzte...

Ribera seufzte und wollte sich setzen. „Wir schließen bald", ergänzte sie. Anton blinzelte dem Chef zu: „Wer geht?"
„Knobeln", flüsterte der.
Sie streckten die Hände vor, und Ribera hatte verloren.
„Ihr verfolgt die drei, wenn sie rauskommen. Wir setzen sie nicht fest", bestimmte der Kommissar.
„Sie sollen sich frei bewegen."
„Aber...", zweifelte José. „Wenn sie..."
„Ich verwanze sie", beruhigte ihn der Kommissar. „Hier."
Er zeigte auf die kleinen Knöpfchen, die er unauffällig an der Kleidung befestigen konnte: „Also, ich geh jetzt rein". Ribera zögerte aber erneut.
Drinnen stand ein Dutzend Leute und schaute – nach unten. Obwohl sich die Fresken hoch oben am Kuppeldach befanden. Ribera sah die Spiegel in ihren Händen. Er griff sich einen aus der Ablage. Die Malereien ließen sich ausgezeichnet betrachten. Drei der Anwesenden wollten plötzlich verschwinden. Der Kommissar stand schon neben ihnen und begrüßte Jan.
„Gefällt es Ihnen?"
„Es ist... toll."
Die Wanzen waren bereits an Janas und Ellens Jacken befestigt. Sekundensache. Auch bei Jan

dauerte es nur einen Moment.
„Schauen Sie sich alles in Ruhe an", sagte der Kommissar. „Was planen Sie nach dem Besuch in der Kapelle?"
„Wir wollen nebenan essen, in der Casa Mingo."
„Gute Idee", verabschiedete sich Ribera. „Genießen Sie Grillhähnchen und den Apfelwein aus Asturien. Verzichten Sie auch nicht auf den frischen Salat, den gibt es dazu."
Er hastete aus der Kapelle. „Ich muss ins Büro", rief er Anton und José zu. „Die Dinger hab ich angeheftet. Aber beobachtet sie trotzdem, zu zweit, bitte."
Das Handy klingelte – Anita hatte die vereinbarte Notruf-SMS an Ribera geschickt.
Draußen legte sich die Dämmerung über die Stadt. Autos steckten im Feierabendstau. Bis zur Metrostation waren es drei Kreuzungen, mehrere hundert Meter. Vorn sah Ribera die Gitter, die den Park des Königspalastes umzäunten.
In der Casa Mingo wies die Serviererin auf die vielen freien Tische. Es gab überhaupt nur einen, der besetzt war. „Suchen Sie sich doch Ihre Plätze aus. Hier füllt es sich erst spätabends. Aber es füllt sich – jeden Abend." Es war nachmittags, zu früh zum Essen für Einheimische. Die drei wussten, was sie erwartete: volle Teller, günstige Preise und süffiger Apfelwein. Im offenen Grill drehten sich zischend die Brathähne. Inzwischen verspürte das Trio auch wieder Hunger.

*

Gegenüber der Feste El Escorial, dem Sommersitz des spanischen Königshauses, saßen der Hauptkommissar und der deutsche

Botschaftsmitarbeiter. Sie probierten Tapas.
„Frisch wie der Morgentau", flötete der Inhaber des Straßenrestaurants, das für seine Spitzenküche bekannt war. „Hier sind Sie außerdem ungestört, niemand wird Sie belauschen", fügte er mit Verschwörermiene hinzu. Die Halbglatze nickte und fuchtelte mit der Hand, als wollte sie eine Fliege verscheuchen. Der Wirt entfernte sich, um mit überquellenden Tellern zurückzukehren.
„Nehmen Sie doch von unseren warmen Vorspeisen, vergessen Sie auch die Linsen nicht – eine Spezialität für Sie, extra vom Haus."
„Ist Ribera schon informiert?", fragte die Halbglatze.
„Noch nicht", erwiderte der Hauptkommissar, dem der Sinn so gar nicht nach gutem Essen stand. Den Dicken schien nichts zu stören. Genüsslich griff er sich eine Tapa nach der anderen. Orton hielt sich an den roten Landwein. Es gab keinen besseren als den in dieser Casa – zu einem stolzen Preis.
„Gut", sagte die Halbglatze, „das hat ja auch Zeit."
„Die Presse wird uns wieder belagern", klagte der Hauptkommissar. „Das fehlt mir gerade noch. Verstrahlte Touristen. Bleibt alles an uns hängen."
„Dafür können Sie aber wirklich nichts. Schwer festzustellen, solche Schäden. Die Ursprünge liegen oft Jahrzehnte zurück. Sind ja alte Knaben und Mädels, über sechzig allesamt. Vielleicht haben die mal bei Röntgenärzten gearbeitet? Ha, kleiner Scherz. Strahlenschäden, kombiniert mit Immunschwäche, können bei Mordversuchen, wie sie hier passiert sind, verheerende Folgen haben. Morgen werde ich Ihnen die ärztlichen Berichte aus Deutschland über Vorerkrankungen unserer Touristen persönlich überreichen. Toll, wie Ihr Doktorchen, Pradello, die Ursache ermittelt hat. Ein

fähiger Kopf."
Der Dicke verzog das Gesicht. Seine Mimik sprach vom Gegenteil: Besser wäre Unfähigkeit gewesen.
„Sie werden doch für gründliche Ermittlungen sorgen?"
„Zweifellos", bestätigte Orton.
„Die werden gewiss dauern?"
„Sicher. Wie Sie meinen."
„Darauf stoßen wir an. Auf das Wohl der großartigen spanischen Kriminalkommissare."
„Auf Ihr Wohl", nickte der Hauptkommissar. Blitzschnell schnappte er sich die letzten Sardinen-Tapas von der Platte. Egal, was ich dem verspreche, dachte er, Ribera interessiert das überhaupt nicht. Und ich kann den Kommissar nicht steuern, nein, das bringe ich nicht fertig. Ich bin auch nur ein kleines Licht im Apparat und brauche eine, besser zwei, Beförderungen. Das Haus ist immer noch nicht abbezahlt. Und meine Frau streckt schon die Fühler nach Besserem aus: Eine Gegend, behauptet sie, die uns angemessen ist – vor den Toren Madrids und am besten hier im Ort der Sommerfestung unserer Könige, El Escorial.
Dann, so sagt meine Frau Manuela, müssen wir nur noch Einladungen für die Sommerbälle und -konzerte an Land ziehen – über deine Kanäle. Damit bin ich's zufrieden, wirklich. Orton schwitzte beim Gedanken an die unbegrenzten Forderungen Manuelas. Davon verstand doch dieser Dicke ihm gegenüber kein bisschen. Sicher war er unverheiratet und hatte jede Menge Geliebte, die er um seine fetten Finger wickelte.

*

Im Kommissariat forderte Ribera Anitas ausführlichen Überblick zum Gesundheitszustand der Touristen. Die Werte, das ergaben die Analysen des Körpergewebes aus dem Ärztebericht, lagen über dem Normalen. Von Strahlenkrankheit konnte man aber nicht sprechen. Bekannt waren Gegenden in Mitteldeutschland, aus denen die Mehrzahl der Touristen stammte, mit erhöhten Radonkonzentrationen. Wie hoch der Vergiftungsgrad der Körper sei, müsse noch mit weiteren Tests geprüft werden.
„Es gibt viele Menschen mit einer Überdosis. Manchmal hängt es tatsächlich von der Gegend ab, in der sie leben oder lange gelebt haben", beantwortete Dr. Pradello am Telefon Riberas Frage. „Aber die Kombination ergibt den Unterschied. Hier jedenfalls. Maria ist krebskrank – der Klassiker schlechthin. Messerstiche, richtig gesetzt, lösen den Zusammenbruch aus. Carmen – ebenfalls klassisch. Hochverstrahlt. Bei ihr haben wir übrigens eine weitere winzige Einstichstelle entdeckt. Ihr könnt eine giftige Substanz gespritzt worden sein, kurz vor dem Kollaps im Museum. Aber uns fehlt noch der Nachweis."
„Die Videoaufzeichnungen geben keine Anhaltspunkte", bedauerte der Kommissar.
„Zeitlich müsste es allerdings passen", erläuterte der Doktor. „Ich sag dir alles, was wir bisher wissen. Oder zu wissen glauben. Lange zurück liegen dürfte der Einstich nicht. Rauschgift schließen wir aus – es ist eher die Dosis, die bei Carmen der Auslöser war. Meine Ärzte tippen auf ein Pilzgift. Diese Pilze gibt es überall in Europas Wäldern. Früher bezeichnete man sie nicht als giftig. Heute sind sie es: Kremplinge. Bei Joseph und Jochen liegt neben der

Strahlenbelastung schwere Diabetes vor. Hier reicht ein Zustand der Unterzuckerung, um – mit Druck auf bestimmte Körperstellen – Bewusstlosigkeit auszulösen. Wir glauben, einige dieser Stellen markieren zu können. Es liegt also professionelles Vorgehen des Täters vor. Ein Amateur war hier nicht am Werk. Der Täter kannte die Opfer gut. Geschickt nutzte er den körpereigenen Biorhythmus und latente Schwächephasen aus, um sie ins Koma zu versetzen. Wir gehen aktuell von einem Täter aus.
Mein bester Assistenzarzt glaubt allerdings an Kettenmorde. Joseph erstach Maria, Carmen versetzte Joseph ins Koma, Jochen wiederum Carmen, und einer der Übriggebliebenen Jochen. Der Assistenzarzt hat von solchen Mordversuchen mal in einer gerichtsmedizinischen Zeitschrift gelesen. Ist noch nicht lange her. Im vorigen Jahr schrieb das einer aus Deutschland in seinem Aufsatz.
Übrigens behandeln wir die Komapatienten wegen ihrer Verstrahlung. Sonst könnten sie an Körpergiften sterben. Hat der Täter sogar mit dem Tod in einer Klinik gerechnet, war es Bestandteil seiner Planung? Ihr müsst das unbedingt schnell herausfinden.
Carlos könnt ihr jedenfalls laufenlassen. Er kommt nicht in Betracht. Dazu dürfte er die Deutschen zu wenig kennen. Alles weist auf einen oder eine hin – von denen, die noch übrig sind? Oder ein anderer Einzeltäter, der aber die Opfer gut kennen musste? Jemand von diesen Ex-Stasi-Überwachern? Anders können wir uns diese Anschlagserie nicht erklären. Das ist die Mehrheitsmeinung der behandelnden Ärzte."
Ribera hörte dem Doktor zu und überlegte. Er ließ

sich von Anita die Videos aus dem Apartment schicken. Die Ankunft. Nichts. Der erste Morgen. Nichts. Wie verabschiedeten sie sich? Umarmungen. Drücken. Jedesmal. Jeder umarmte jeden. Wie? Einige, Jana zum Beispiel, brauchten lange für das Ritual. Bei Joseph ging es schneller, manchmal wich er auch aus.
Wie war es vor dem Museumsbesuch? Sie trafen sich im Park vor dem Museum, dem Real Jardin Botanico. Es gab wenig verwertbare Videoszenen. Wieder drückten sie sich, bevor sie hineingingen. Was war mit Carmen? Sie verabschiedete sich besonders lange von Jan, bevor sie ihren Weg durch das Museum begann. Wie war es eben in der Casa? Das Essen hatten die drei beendet – drei Brillen hatte er stationiert, die alles filmten. Und den Ton lieferten die Wanzen. Die Touristen bezahlten. Draußen sagte Jan plötzlich: „Ich geh noch in eine Bibliothek, ganz in der Nähe. Macht's gut. Lasst euch drücken."
Jana und Ellen schauten ihn entgeistert an. Wollte er sie etwa in dieser Situation verlassen – zu dem Zweck, sich allein in der fremden Stadt herumzutreiben?
Ja, betonte Jan, ich brauche mal Abstand von diesen beiden Tagen. Abends komme ich bestimmt zurück ins Quartier. Er drückte seine Frau Jana – und er drückte Ellen.
Ribera spulte diese Szene wieder und wieder vor- und rückwärts, stoppte, ließ langsam weiterlaufen. Wie drückte Jan diese Ellen? Länger als seine Frau auf alle Fälle. Könnte einer mit diesem Drücken eine Ohnmacht, Stunden später, bewirken? Gab es das aus medizinischer Sicht? Ribera bezweifelte es.
Er rief trotzdem Pradello an. Der lachte zuerst,

stutzte dann und bat um Bedenkzeit.
„Ich habe einen Assistenten, der erforscht solche Sachen. Den muss ich konsultieren. Möglich könnte es ja sein, aber von solch einer unglaublichen Möglichkeit hab ich noch nichts gehört. Er kann erst morgen von mir den Auftrag bekommen, dann kehrt er von einer Dienstreise zurück."
Ribera befahl, das Gepäck der Touristen noch einmal zu filzen, bevor Ellen und Jana ins Quartier zurückkehrten. Fehlanzeige. Keine Hinweise auf Messer, Spritzen oder Gifte. Er beorderte Lope Schultz ins Apartment. Der suchte nochmals alles durch. Wieder nichts. Als er schon aufgeben wollte, fand er den doppelten Boden in einem Rucksack. Darin lag eine unberührte Spritze. Er informierte Ribera und übergab die Spritze Pradellos Ärzten. Auch die Untersuchung der Spritze musste warten. Pradello bat um Verständnis. Die Intensivstation war bis auf das letzte Bett besetzt. Er konnte keinen einzigen Arzt im Einsatz entbehren.
Über Madrid zog Abendkühle auf. Es dunkelte schnell. Jana und Ellen wurden nach wie vor scharf bewacht, überzeugte sich der Kommissar. Anton hatte zusätzlich Brillen vor dem Apartment stationiert. Jan jedoch blieb verschwunden.
Ribera verließ das Büro nicht. Die SMS auf seinem privaten Handy erreichte ihn, als er endlich die Dossiers studierte. Metroparty, las er, startet um zwei Uhr nachts. Goyastation. Sehen wir uns? Absender unbekannt.
Dieselbe SMS erhielt Jan, als er beim Chueca-Wirt hockte. Ihn lockte erneut der Keller. Die Bibliothek war nur eine Finte. Aber der Wirt spielte nicht mit. Dann eben nachts die Party. Das war vielleicht sogar spannender, mal was ganz anderes. Nacht im

Schacht. Jan trank vergnügt sein Bier.
Ganz in Ruhe vertiefte er sich in das Gruppenspiel der Champions League. Glasgow spielte gegen Real, und die schottischen Fans hatten die Kneipe erobert. Sie grölten, was das Zeug hielt.
Jan saß mitten unter den Realfans, die für ihr Team jubelten.
Der Wirt nickte ihm anerkennend zu. Denn es gab Jubelgrund: Tore fielen für Real. Doch den Kellerschlüssel rückte er nicht heraus.

*

Am Tagesende sammelte es sich wieder, das Unerledigte, das Ribera hasste und das ihn unzufrieden stimmte.
Die drei Touristen, die noch quicklebendig waren, konnten erst morgen auf ihre Strahlendosis überprüft werden. Heute trieben weder Ärzte aus Pradellos Klinik noch die Gerichtsmedizin jemanden auf, der sie testen konnte. Die Analyse der Spritze – morgen. Die Rückverfolgung der SMS an Riberas Privathandy – Ergebnisse erst morgen, wie Anita kleinlaut mitteilte.
Auch sie hockte noch über ihrem PC im Büro. Sie analysierte Videos in der Hoffnung, irgendwelche Hinweise auf einen Täter zu finden. Aber keine Szene offenbarte den Schlüssel, kein Wort wies auf Verbrechen, Täter oder Komplicen hin. Wie glattgebürstet wirkten sie, diese Videos.
Wenigstens hatten Anita und Ribera Jans Handy geortet. Sie stellten fest, dass er gleichzeitig mit Ribera eine SMS bekam. Der Kommissar ging vom identischen Inhalt aus. Wenigstens das würde er

noch in dieser Nacht erfahren. Aber er sagte Anita nichts von seiner Einladung.

*

Lope Schultz sollte Jan aufsuchen. Ort ihrer Begegnung: die Kneipe, in der er Fußball guckte.
Lope entdeckte Jan und setzte sich einfach an seinen Tisch.
„Frei?", fragte er.
„Für dich, mein Freund, selbstverständlich. Ich bin ja kein Spanier, der grundsätzlich allein am Tisch sitzt und Fremde nicht Platz nehmen lässt. Wir sehen das anders mit der Höflichkeit. Du bist doch das Faktotum des Kommissars? Immer noch im Dienst, so spät am Abend? Gibt es Neuigkeiten? Neues vom Täter?"
„Es geht um eine gewisse SMS, die kürzlich auf Ihrem Handy einging."
„Handy? Hab kein Handy. Ihr überwacht wohl jetzt Phantomsignale?"
Lope reagierte verblüfft, konstatierte Jan. Schockieren klappte immer; den Schlag hatte er gut gesetzt.
„Trink eins mit", kommandierte er jetzt und bestellte zwei halbe Liter Bier.
„Euer spanisches schmeckt", lobte er den Wirt, der sofort servierte. „Cerveza gut, verstehn?"
Lope nickte mit. Jan lachte innerlich. Er hätte das alles auch perfekt spanisch sagen können. Aber manchmal... wollte er einfach nicht angeben.
Vorsichtig nahm Lope einen Schluck. Es war keine gute Idee, Bier zu trinken. Er musste einen klaren Kopf behalten. Wo mochte Jan sein Handy versteckt

haben? So viel war sicher, er hatte eins bei sich.
Jan stieß mit Lope an: „Prost!"
„Zum Wohl", erwiderte der Spanier leise.
„Schultz?", überlegte Jan laut. „Bist du vielleicht deutscher Abstammung, Journalist?"
Lope nickte erneut. Richtig geraten. Der Großvater war Deutscher. Im Bürgerkrieg der dreißiger Jahre blieb er in Spanien hängen. Und deshalb sprach auch Lope recht ordentlich deutsch. Jetzt musste er aber pinkeln. Jan wartete, bis er in der Toilette verschwand. Dann schüttete er das Pulver in Lopes Glas. Es löste sich sofort auf. Was hatte er hier übrigens am Revers? Er entfernte die Wanze und legte sie unter das Sitzkissen. Die würde er gleich mal Lope unterschieben. Und sein Handy ebenso. Eins hatte er ja noch. Im Quartier.

26: Lope schloss...

Lope schloss sich in die Toilette ein und rief Ribera an.
„Ich habe ihn. Er ist in der Kneipe, die er gestern besucht hat. Angeblich besitzt er kein Handy – prüft ihr das nochmals? Ich sitze jetzt mit ihm beim Bier. Wenn ich mich in, sagen wir, einer Stunde nicht melde, müsst ihr herkommen. Dann ist was mit mir passiert. Hoffentlich bilde ich mir alles nur ein."
„Pass gut auf, Lope. Melde dich besser in einer halben Stunde. Abgemacht?"
„Klar, danke."
Zurück am Tisch versuchte Lope, vor dem Trinken am Glas zu riechen. Er roch nichts.
„Schmeckt dein Bier nicht?", lachte Jan.
„Doch, doch, keine Sorge."
„Dann auf dein spezielles."
Sie stießen an und tranken. Kurze Zeit später lallte Lope und schlief fest ein.
„Mein Freund verträgt wenig", entschuldigte sich Jan, als der Wirt wissen wollte, was mit dem Schlafenden los sei.
„Der wacht bald wieder auf, Ehrenwort."
Der Wirt schaute Jan misstrauisch an:
„Ärger kann ich aber nicht gebrauchen. Du bist mir für den verantwortlich."

*

Anita konnte Jan nicht mehr orten. Er hatte das Handy ausgeschaltet oder weggeworfen. Ribera ließ Lopes Anruf keine Ruhe. Er beordert José in die Kneipe:
„Beeil dich."
José sah den schlafenden Lope sofort.
„Wo ist der Deutsche?", fragte er den Wirt.
„Abgehauen. Hat den hier sitzen lassen. Wahrscheinlich ist er hinten über die Toilette raus. Plötzlich war er weg."
José informierte den Kommissar und kümmerte sich dann um Lope. Anita probierte hektisch, Jans Position festzustellen – erfolglos.

*

Es klopfte an Riberas Büro. Ein schmächtiges Bürschlein trat ins Zimmer. Sonderkommando Drogen. Auch das noch.
„Anita hatte mich gestern beauftragt, diesen Riesen, wie ihr ihn nennt, zu prüfen. Es gibt Ergebnisse, Ribera."
„Er ist doch nicht etwa Kurier?"
„Wir wissen nur, dass er Beziehungen bis in die Mafiaspitze hat – zu denen, die hier in Spanien operieren. Du weißt, das sind nicht wenige. Die Überseeschiffe aus Amerika laufen unsere Häfen zuerst an. Wir sind ein prima sicherer Umschlagplatz für den weiteren Weg der Drogen nach Europa. Seit nun die Italiener vor wenigen Jahren begannen, massiv gegen das organisierte Verbrechen vorzugehen, haben wir mit ihrer Hilfe unsere Spezialabteilung eingerichtet. Wir hören nur Handys ab und protokollieren Gespräche, obwohl

wir wissen, dass die Oberbosse nicht telefonieren. Aber wir fischen Anhaltspunkte, und die bearbeiten sie dann in Italien. Euren Riesen konnte ich finden. Er heißt Silvio Legato."

„Uns liegt ein anderer Name vor."

„Kann sein, es gibt weitere, die wir kennen. Aber das ist sein aktueller. Aufträge bekommt er von einem der spanischen Bosse. Der heißt Andrea Cantaro. Legato ist Spanier – der Boss Italiener. Er hat sich vor zehn Jahren bei uns einbürgern lassen. Steckt voll im Geschäft. Aber, wie du weißt, uns mangelt es an Strafbefehlen. Unsere Justiz ist noch nicht so fit wie die auf dem Stiefel."

„Spielt unser Carlos eine Rolle bei euch?"

„Nichts gehört von dem – das fragte mich schon Anita. Aber von den Deutschen hab ich noch was. Andrea gab seinem Adlatus Silvio vor ihrer Ankunft den Auftrag, sie zu beschatten. Und jetzt kommt das Merkwürdige: Cantaro wollte Videos über die Deutschen, Filme, lückenlos, über ihren Aufenthalt in Madrid und alles, was sie hier unternehmen. Big Brother – ungewöhnlich für einen Boss. Es ist extra ein Ermittlerduo aus Deutschland angeheuert – technisch fit. Die schneiden für Andrea Filme aus dem Rohmaterial. Legato liefert ihnen Szenen zu. Kann sein, dass Carlos beim Beschaffen dieses Materials eine Rolle spielte."

„Wir wissen, dass er Wanzen im Apartment der Deutschen installiert hat."

„Das Ding ist größer. Sie zapfen Videokameras öffentlicher Gebäude, in der Metro, und in Fußgängerzonen an. Daraus stellen sie personenbezogenes Material zusammen. Sie hacken die Schnittstellen, auch im Prado-Museum. Das hat Cantaro von diesen deutschen Detektiven, so will ich

sie mal nennen, verlangt."
„Weißt du, wie die heißen?"
„Ich glaube, Duscher war ein Name und Deinhaus oder so ähnlich der andere."
Ribera gab die Namen in seine Kripo-Suchmaschine ein.
„Das sind welche aus der früheren DDR, vermutlich von der Stasi."
„Interessant. Wenn du konkrete Verbindungen findest – Material unbedingt an uns. Bisher vermuteten wir solche Connections nur. Wir haben aber nichts Beweisbares. Schick mir bitte deine Daten, Franjo – nicht vergessen." Das Bürschchen wusste: Ribera mochte es gar nicht, dass ihm jemand in die Karten guckte.
„Wenn ich alles recherchiert habe. Spätestens morgen – gut?"
„Danke. Viel Glück. Und: Seid vorsichtig, keine Alleingänge. Mit denen ist nicht zu spaßen. Du bist nicht direkt im Kontakt mit denen?"
„Nein. Wir haben nur jemand aus der deutschen Botschaft am Hals. Mehr nicht."
Den Handyanruf für diese Nacht verschwieg Ribera. Er ahnte, dass der kein Zufall sein konnte.
Im Gehen sagte das Bürschchen:
„Falls doch was ist: Geht nie allein zu Treffen mit denen, ohne eine Nachricht zu hinterlassen. Gib mir auch den Namen des Deutschen. Vielleicht finde ich was."
Ribera schickte den Drogenfahnder zu Anita. Sie sollte ihm die Kontaktdaten des Dicken ausdrucken, ganz altmodisch. Das reichte für solche Typen.

*

José sah, wie Lope – zum Glück – langsam erwachte.
„Wie geht's? Besser?"
„Ja, ich fühle mich wunderbar. Ganz leicht. Was ist passiert? Wo ist Jan?"
„Du bist fest eingepennt. Wahrscheinlich hat er was in dein Bier gekippt. Ich lasse das Zeug gleich morgen untersuchen. Inzwischen ist er abgetaucht." Er steckte Handy und Wanze ein, die er unter dem Kissen hervorzog.
„Er ist weg? Und hat das Zeug hier liegenlassen?" Lope war fassungslos.
„Ja" erwiderte José. „Wir können seine Position nicht bestimmen. Falls er noch ein weiteres Handy hat, ist es ausgeschaltet."
„Dann bis morgen. Ich bin fertig, will nach Hause."
„Warte, lass dich vom Streifenwagen fahren. Wir stellen eine Wache ab. Es ist sicherer."

*

Die Dossiers. Ribera studierte Relikte aus längst vergangenen Zeiten. Zu einem bestimmten Datum endeten die Eintragungen. Das war nicht der Mauerfall, sondern bereits der fünfzehnte Oktober. Es war der Tag, als die vier – Maria, Joseph, Carmen und Jochen – in Budapest das Lager aufsuchten, um am folgenden Morgen mit dem Bus Richtung Westen, Österreich, zu fahren. Das letzte Blatt der Mappe war dann mit, auf den ersten Blick, kryptischen Zeichen beschrieben.
Eine recht einfache Geheimschrift, erkannte Ribera. Sie folgte den Regeln, nach denen die Deutschen ihre Funksprüche im zweiten Weltkrieg verschlüsselten. Diese Schrift war Schulwissen, er beherrschte sie.
Krankheiten entschlüsselte er, Krebs, Hirntumor,

Verstrahlungen, Magengeschwür, Diabetes, Osteoporose, schwere Arthrose. Alle sieben waren betroffen. Und bei Joseph fand sich der Hinweis: „Der Albino fehlt." Ribera notierte sich diesen Satz in der Hoffnung, den Sinn bald herauszufinden. Den Zettel steckte er in die Hosentasche, ganz altmodisch. Fast ein Uhr nachts. Es war Zeit, die Einladung wahrzunehmen.

*

Die Madrider Metro gehört zu den ältesten und modernsten Untergrundbahnen Europas. Kontinuierlich modernisierte die Stadt das Streckennetz und baute es gezielt aus – etwa zum Flughafen vor den Toren Madrids. Der letzte Zug fuhr ein Uhr dreißig. Dann schlossen die Stahltore am Eingang jeder Station, bis morgens vier Uhr dreißig der erste Zug des Tages durch den Tunnel donnerte. Der Kommissar fuhr mit der letzten Bahn bis zur Goyastation.
Immer wieder, wenn er hier ausstieg, bewunderte er die Capricen des Meisters. Fratzen grinsten ihn an, höhnten. Die kurze satirische Erklärung passte genau zum Bild. Sie hielten Reichen und Armen, allen Schichten des spanischen Volks, den Spiegel vor. Trotzdem, der Hund war spannender, mysteriöser.
„Ja, ich bewundere Goya auch", sagte eine Flüsterstimme neben Ribera. „Aber wir müssen noch Dinge erledigen, bis die Party steigt."
Der Kommissar fuhr herum. Da war nichts. Die Stimme sprach aus dem Unsichtbaren.
„Auch Sie sollten nun den Sichtschutz überziehen, Señor Ribera. Ohne diese, zweifellos Umstände

bereitende, Maßnahme könnten wir nicht feiern. Sonst erfassten Videokameras das Geschehen, und Kontrolleure, Sicherheitsbeamte oder Wachschützer nähmen uns in Gewahrsam. Sehen Sie – deshalb gibt es diesen Anzug. Wie im Märchen. Sie tauchen ab. Eine Voraussetzung für jedermanns Freiheit in dieser Nacht."
Ribera sah eine Hand, die ihm Jacke und Hose, Kapuze und Füßlinge hinhielt.
„Sie sind angekommen, Francesco, danke, dass Sie unsere Einladung annehmen. Wir fühlen uns geehrt. Schlüpfen Sie jetzt in die Klamotten und genießen Sie den Zustand, mal völlig unsichtbar zu sein. Davon träumen wir doch alle."
Ribera streifte die Sachen über – und sah sich selbst nicht mehr.
„Aufpassen", meldete sich die Stimme. „Unten an den Schuhen schimmert noch was. Und die Kapuze fest vors Gesicht ziehen. Die zwei Augenschlitze reichen dann aus. Probieren Sie in Ruhe."
Ribera war nun vollkommen unsichtbar, wie die Stimme in seinem Ohr bestätigte.
„Sie sind das Empfangskomitee?", fragte er.
„Richtig. Wir haben uns aufgeteilt. Die Kommandos stehen an Rolltreppen und Ausgängen, um jeden Gast abzufangen. Bewegen Sie sich vorerst wenig. Sonst stoßen Sie vermutlich mit anderen Gästen zusammen. Wir versuchen, für jeden Gast ein Areal zu bemessen, in dem wir ihn ansprechen und begrüßen. Dort hat er Bewegungsfreiheit. Freuen Sie sich nun auf einen schönen Abend. Ich muss weiter. Sie hören bald von mir."
Noch immer hatte Ribera niemand im Kommissariat – und auch seine Familie nicht – über die Einladung informiert. Er grübelte, ob er das jetzt nachholen

sollte. Doch wieder unterließ er es, aus Sorge, aus Angst? Eigentlich gehörte die Abwechslung eindeutig zur Kategorie, die er mochte: Risiko, seltene Ausgabe im Dienstalltag. Aber natürlich war ihm klar, dass er jede Vorschrift missachtete. Einer sollte es wenigstens wissen. Nehmen wir den alten Kumpel Lope. Der schlief noch nicht. Ribera weihte ihn flüsternd ein. Doch er wurde das Gefühl nicht los, jemand hörte ihm zu. Er bat Lope deshalb in unklaren Worten, ihm nicht zu antworten, nur zuzuhören. Und er beauftragte ihn, noch in dieser Nacht für die Morgenausgabe seiner Zeitung, exklusiv, hörst du, nirgendwo anders, einen ausführlichen Beitrag über den „Fall" zu schreiben. Nimm den letzten Stand, mit dem Anschlag auf dich – aber nenne keinen Namen.
Ihm war, als lachte jemand leise neben ihm. Eine Hand stieß ins Leere. Stille. Da stand niemand. Und hinter ihm? Er fuhr herum. Nichts. Aber das kaum hörbare Lachen, das leiser wurde, verstummte nicht. Plötzlich sprach es in seinem Kopf:
„Liebe Gäste, bitte erschrecken Sie nicht. In der Kapuze steckt ein Empfänger, über den wir Sie gern dirigieren dürfen. In Ihrer Hosentasche gibt es, fest eingenäht, einen kleinen Sender mit vier Tasten. Drücken Sie rechts unten, und wir sehen unsere Lichtumrisse. Drücken Sie jetzt."
Um Ribera herum tauchten Umrisse auf. Er zählte – mehr als zwanzig. Die Umrisse tapsten tastend herum.
„Kommen Sie vorsichtig zur Bahnsteigkante. Gleich fährt unser Zug ein. Wir besichtigen zunächst die unterirdischen Gleise und Stationen auf unserem Weg zum Ziel."
„Welches Ziel?", rief jemand.

„Lassen Sie sich überraschen", sagte die männliche Stimme smart. Sie war eines Schauspielers würdig, so rein und klar schmeichelten sich die Worte ins Ohr. Ribera vernahm die sonore Information, mit dem linken Knopf die Umrisse der eigenen Person schärfer einstellen zu können. Das unterstütze die Sitzposition im Zug – man säße nicht auf dem Schoß einer oder eines anderen. Wieder das Lachen. Es klang nervös.
Beim Einsteigen erkannte Ribera Dutzende Umrisse. Leises Tuscheln, brav setzten sich alle. Der Zug sah aus wie ein Streckenbauwagen, allerdings mit Sightseeing-Charakter. Die drei Zugwagen waren offen, und es gab Griffe neben den Sitzen. Es dauerte, bevor er langsam losruckelte.
Ribera grübelte. Jan war verdächtig, aber ihn entlastete, Lope nicht ins Koma versetzt zu haben – obwohl es möglich gewesen wäre. Vielleicht stimmte die Theorie über die Kettenmordversuche doch?
Oder war es der Mafiagangster, der Carlos angeheuert und ihn hier offenbar eingeladen hatte? Carlos? Schied endgültig aus. Welche Rolle spielte aber der Dicke, der sich dem Chef Tag für Tag aufdrängte?
Wo war überhaupt Jan? Würde er ihn unter den Gästen entdecken – spielte er mit dem Mafiaboss falsches Spiel?
Der Zug rumpelte schneller. Im Triebwagen mit seinen zwei Anhängern saßen mindestens fünfzig Menschen, schätzte Ribera. Im Ohr erklang die smarte Stimme:
„Sie werden sich gefragt haben, wer Sie eingeladen hat und wie die Auslese diesmal getroffen wurde. Nun, der Hausherr wird Sie nach der Ankunft

unseres Zuges nahe der Station Nuevos Ministerios im eigens aufgebauten ‚Studio der Hologramme' begrüßen. Wir wählten Sie per Zufallsgenerator aus einer Datei von über tausend Personen. Und ein paar von Ihnen bestimmte Er, der Einladende, höchstpersönlich.
Fühlen Sie sich einfach geehrt.
Weil Er Ihnen eine seiner kostbaren Nächte widmet.
Viel Vergnügen im Bolerozug!"
Die Stimme lachte. Die Musik setzte ein.

27: Der Zug wurde immer schneller

Der Zug wurde immer schneller. Bolero von Maurice Ravel, erinnerte sich Ribera – festhalten! Fast wäre es zu spät gewesen. Die Kurve nahm der Triebwagen unter lautem Getöse. Er ratterte in die Gerade und fuhr nun mit wiederum größerer Geschwindigkeit durch die dunkle Röhre. Ribera sah beleuchtete Nischen neben den Gleisen. Grelles Licht wies auf einen Messerstecher, der eine Frau zerstückelte. 325 Stiche und 200 Schnitte – das stand in blauer Leuchtschrift über diesem Bild. Fünfzig Meter weiter: Ein Albino kämpfte zwischen Schwarzafrikanern. Er tötete sie mit Fausthieben, bis von seinen Armen Blut in Strömen rann. Gleich daneben eine schreckliche Szene: Zwei blutjunge Mädchen zerhackten sich gegenseitig mit Silberäxten. Die Szene war in so tiefes Blau gegossen, dass ihr Blut violett an ihnen entlang sickerte, bis es sich schwarz verfärbte. Über ihnen hingen giftgrüne Strümpfe auf einer knallgelben Laser-Wäscheleine.
Jetzt raste der Zug; es ging bergab. Achterbahn. Zum Glück saß Ribera im Triebwagen. Vorsichtig zurückblickend, erblickte der Kommissar ein absurdes Bild: Puppen gleich, flogen die Insassen des letzten Wagens auf die Gleise. Etwas in ihnen blähte sich auf, und sie prallten vom Gleisbett im Pingpong-Rhythmus in die Höhe. Halt, wollte Ribera schreien, aber er krächzte nur unverständliche

Wortfetzen.
Der Zug nahm Höllentempo auf. Staub, Dreck – ein Schmutzwirbel umgab die Fahrgäste. Schon sahen die Pingpong-Puppen wie Glühwürmchen aus. Sie hüpften weiter auf und ab. Papillons. Irrlichter. Rasen. Festklammern. Poltern. Gleise, gerichtet ins Abwärts. Räder flogen. Noch schneller. Eisern dröhnte es in den Ohren. Metall glühte. Schreie der Passagiere. Über-Bord-Fliegen – nun bereits im zweiten Wagen. Fliegen und Flattern. Airbags prusteten in aufgeblasenen Tarnanzügen. Neben Ribera saßen noch einige Festgeklammerte. Keuchen. Schmerzen. Der Bolero dröhnte. Aus. Endlich aus.
Plötzlich war alles ohne jedes Geräusch. Absolute Stille. Ein Strahlen kam auf. Laserlicht erleuchtete das Dunkel ringsum.

*

Jana wälzte sich auf dem Bett hin und her.
„Ich muss hier raus." Sie flüsterte in Ellens Richtung. „Sofort. Los, komm mit."
Ellen lag ebenfalls wach auf ihrer Liege neben Jana und sprang auf.
Auch die beiden hatten ihre Wanzen längst entdeckt und in der Toilette entsorgt.
„Ohne Hilfsmittel kommen wir aber nicht weit. Was haben wir?", fragte sie.
„Jan hat immer jede Menge Pillen mit. Ich seh' mal nach."
Sie fand esoterische Kügelchen – für Kraft, Geist und Ausdauer.
„Die nehmen wir", entschied Ellen. „Du schluckst Geist, ich Kraft. Ausdauer ist mit allem kombinierbar

– die Pillen sind für uns beide. Das geht, hat mir Jan mal erklärt. Zur Sicherheit je ein Dutzend."
„Ich hab sein Handy gefunden. Er ist eingeladen zu einer Party im Metroschacht. Die steigt in dieser Nacht."
„Wo?"
„Goyastation."
„Los, wir laufen dorthin."
„Aber die schließen nachts alles zu."
„Das schaffen wir vorher."
Zunächst überlistete Ellen den Bewacher. Anton war allein, er hatte José nach Hause geschickt. Wenigstens einer von ihnen sollte morgen ausgeschlafen sein.
„Ich schaffe das ohne dich", hatte Anton gegenüber José behauptet. „Wir haben doch einen Täter: Carlos. Dem sollen sie den Prozess machen. Schuldig oder nicht – das ist Sache des Richters und des Staatsanwalts. Wir haben unsere Pflicht getan – es gibt eindeutig den Tatverdächtigen, und er ist in Gewahrsam. Ribera zweifelt zu viel. Harte Fakten wie der Drogenfund, die Geiselnahme zusammen mit dem ersten Mordversuch an Maria reichen ja wohl als Tatverdacht gegen Carlos. Die Kettenmordtheorie ist eindeutig Blödsinn. Wer macht so was? Als Tourist auch noch? Unglaubwürdig. Die Urlauber wollen hier was sehen von der Stadt. Dass die sich mit solchem Quatsch beschäftigen, glaubt kein Mensch."
Damit schickte er José weg. Und den Streifenwagen vor dem Quartier gleich mit. Ellen trickste ihn allerdings aus. Da wirkten die Kraftpillen bereits. Er hörte ein Klirren, wandte sich nach links – schon war sie hinter ihm, riss ihn zu Boden, knebelte und fesselte den Polizisten an die Heizung des

Apartments.
Jana und Ellen rannten – irrten durch Madrid,
Richtung Plaza del Sol. Dort suchten sie den Weg
zum Museum für Archäologie, verfehlten aber die
Goya-Metrostation. Kurzentschlossen riss Ellen das
nächstbeste Schachtgitter weg. Sie kletterten in die
Tiefe. Höllendunkel umgab sie. Nur die winzigen
Taschenlampen spendeten Neonlicht. Wo entlang?
Jana hatte nachgedacht und entschied sich für links.
Dort sollten sie die Goyastation erreichen. Ellen
rannte los, Jana folgte ihr auf den Gleisen. Dunkel. Es
blieb finster. Der Bahnsteig war leer. Da entdeckten
sie weit vor sich Lichtpünktchen. Sie rannten
schneller.

28: Ribera hörte...

Ribera hörte auf die Schauspielerstimme im Ohr. Dort vorn sollte er sein, der Ort des ersten Begegnens mit Ihm. Er, der Gastgeber dieser Nacht, hielte dann die Begrüßungsrede. Toll, schwärmte der Schauspieler, denn sogleich werde Er dreidimensional, als Hologramm, für jedermann sichtbar abgebildet. Das sei die höchstmögliche Annäherung an persönliches Erscheinen. Sie, diese Annäherung, dürfte von den Gästen trotz persönlicher Einladung nicht einfach vorausgesetzt werden – zu kostbar sei die Zeit des Gastgebers. Er werde aber, soviel sei sicher, in dieser Form präsentiert, verläse die Rede – und das musste von Ihm als Eindruck für jeden Gast genügen.
Ribera sah weder von Ihm noch von Jan irgendetwas. Plötzlich blitzten Laserstrahlen, malten Bilder in die Dunkelheit, kreisten, erleuchteten den Gleisboden. Gleis lag neben Gleis, breit erstreckte sich die Halle des Maschinendepots, in das sie geführt worden waren. Waggons standen vereinzelt herum, dahinter Triebwagen. Noch immer steckten sie, die Gäste, in den Tarnanzügen, die sie voreinander verbargen.
Zieht sie aus, jetzt, zieht sie aus, dröhnte die Stimme im Ohr. Sie gehorchten. Arme, Oberkörper und unbekannte Gesichter schimmerten auf, Beine und Bäuche – aus Hüllen gewickelt. Eine Lichtschar von

Frauen und Männern unterschiedlichen Alters, vierzig bis sechzig Jahre alt.
Die Laserstrahlen malten ein Auditorium. Blaues Leuchten der Wände, in Rot getaucht der Boden, auf dem die Gäste standen. Darüber spannte sich goldgelb ein Dach. Das Podium hob ab aus dem Nichts. Weißes, grelles Licht umspielte den Körper eines Menschen. Er stand jetzt neben dem Podium, nahm den obligatorischen Schluck aus dem darauf stehenden Wasserglas und stellte es weg.
Das alles gehörte bereits zum 3D-Film – Er begrüßte die Geladenen so natürlich, als ob Er ganz real in dieser irrealen Halle vor ihnen stünde, im Anzug, mit Schlips, weißem Hemd – Er, Andrea Cantaro, der einsfünfundneunzig Große, der Boss:
„Herzlichen Glückwunsch, meine Damen, meine Herren. Sie folgten furchtlos meiner Einladung. Es ist mir eine besondere Ehre, Sie hier in der Tube unter der Erde empfangen zu dürfen. Das ist doch mal ein anderer Ort als die ewig sterilen Gästekammern, in die Sie sonst geladen werden. Moment, ich höre eben... wir sind ja nicht ganz vollzählig. Einige von Ihnen tanzen noch als Glühwürmchen auf der Strecke. Gut, ändern wir das."
Der Boss drückte kurz einen Knopf. Blitzschnell flogen die fernen Lichtpunkte auf die Versammlung der Gäste zu.
Jana und Ellen, die den Flug aus einer Nische ebenfalls beobachteten, blickten sich an.
„Die Richtung haben wir also. Dorthin geht's", flüsterte Jana.
„Rennen wir los", kommandierte Ellen. „Je schneller, desto besser für deinen Jan."
„Wie konnte er bloß auf die Idee kommen, diese

Geisterparty zu besuchen? Mit anonymer Einladung?" Jana schüttelte fassungslos den Kopf.
"Egal", schubste sie Ellen vorwärts, "wir nehmen die Verfolgung auf."
"Stopp", Jana hielt Ellen die Wasserflasche hin. "Erst noch eine Kraftpille für dich und eine Geistpille für mich."
Darauf schluckten sie Nachschub an Ausdauerpillen – fünf für jede. Ellen warf die leere Flasche ins Gleisbett. Sie fühlte sich nun stark genug, noch schneller zu laufen und Jana auf ihren Schultern zu tragen. Jana schnallte sich mit den Riemen ihres Rucksacks an Ellens Hals fest. Ellen spürte weder Schmerz noch klemmten ihr die Riemen den Atem ab.
Sie erreichten die Plattform nur wenige Minuten nach dem Landen der Lichtpunkte. Einer der Punkte blinkte kurz in ihre Richtung.
"Ob das Jan ist?", flüsterte Jana.
"Wir sollten vorsichtig sein. Wenn er uns erkannt hat, könnten uns auch die Aufpasser des Veranstalters identifizieren. Ich hoffe nicht, dass dein Jan in den Fängen dieses Italo-Spaniers gelandet ist."
"Der aus eurem Nest, aus Rönnwitz?"
"Genau. Der Müllmafioso. Der den Uranschutt verschoben hat nach 1990. Früher ließen sie ja die radioaktiven Abfälle nach dem Uransieben unter der Erde."
"Das wurde später alles geöffnet und abgebaggert."
"Wegen des Landschaftsparks – Freizeitausstellungen auf brüchigem Boden gehen nicht."
"Und zum Verfüllen, Zuschütten nahmen sie die Strahlenerde."

„Deshalb war das Mist mit den Häusern am Park. Immer wenn Wind aufkam, blies er den Staub in die Wohnungen. Und der war radioaktiv."
„Aber ihr wohnt doch weit weg vom eigentlichen Park."
„Es hat nur Maria, Joseph, Carmen und Jochen betroffen."
„Und die Kinder? In den Ferien spielten die doch wochenlang bei Carmen im Garten."
„Psst. Nicht so laut. Da, siehst du, das ist der Spanier. Der Boss."
„Ja. Der hat dann Immobilien gekauft, abgerissen und neue Wohnungen gebaut. Erst fuhren sie für ihn den radioaktiven Müll weg nach Italien. Gleich danach soll der Boss sich in Spanien niedergelassen haben. Jan hat viel recherchiert, um hinter seine Geschäfte zu kommen. Er war auch an einem Journalisten hier aus Madrid dran. Den wollte er anheuern – er sollte die Geschichte dieses Mafiabosses veröffentlichen und dessen Spur aufnehmen."
„Hat das geklappt?"
„Noch habe ich nichts von Jan über diese Sache gehört. Er hatte vor, sich während unseres Urlaubs mit dem Journalisten zu treffen. Doch ob es dazu gekommen ist? Keine Ahnung."
Die kleine Maus. Wieviel sie doch weiß. Und liebt ihren Jan. Abgöttisch. Ellen lachte kurz auf. Jana schöpfte keinen Verdacht.
Sie hockten unter der Plattform des Metrobahnsteigs, ohne zu ahnen wie genau ihr Flüstern abgehört und aufgezeichnet wurde. Der Gastgeber redete weiter:
„Ja, Ihr Mann im Ohr stellte bereits die Frage, wie es zur Gästeliste dieses Abends gekommen ist. Meine

guten Freunde, die ich jedes Jahr treu einlade, wissen wohl Bescheid. Wir erfassen alle Daten unserer Kritiker, und achtzig Prozent der heutigen frohen Gemeinde gehören zu dieser Spezies Mensch. Milde und scharfe sind darunter, harte Hunde und verschlagene Drachen. Alle wollen eins: Mir die Beine weghauen. Trotzdem: Jedes Jahr strömen sie in Scharen zu meinem Fest – es scheint, wir könnten im Himmel oder in der Hölle feiern. Manche wollen sogar ohne Einladung mitfeiern. In diesem Jahr schlichen sich zwei Ausländerinnen, Deutsche, in unsere Reihen. Wir regeln diesen Sündenfall später, ohne ihn zu vergessen.
Begeben wir uns nun auf unsere nächste Reise. Umgebaute Drohnen, passagiertauglich modelliert, fliegen Sie, liebe Gäste, durch den Tunnel hinaus zum Erlebnis Sonnenaufgang über Madrid. Auf unserer Terrasse gibt es dann endlich Kulinarisches: Tapas natürlich, Rioja, Paella und Desserts aus den Feinschmecker-Restaurants der iberischen Halbinsel. Kosten Sie unseren Stockfisch al pil-pil aus dem Baskenland. Oder wählen Sie den Cocido mit unseren beliebten Kichererbsen und zartestem Lammfleisch aus Andalusien, dazu Oktopus – als Pulpo a feira – auf galizische Art. Runden Sie Ihr Gourmet-Erlebnis mit Rioja oder Navarra-Rotweinen ab, dazu Zuckermandeln oder Schafsmilchkäse aus Burgos. Wir bieten nur Wein aus der Gran Reserva, der weit über drei Jahre in Eichenfässern unterirdischer Weinkellereien des Rioja Alta gelagert und danach noch ein Jahr in der Flasche gealtert ist. Alles extra für Sie eingeflogen, meine lieben Gäste.
Warum veranstalte ich diese aufwendigen Partys im Jahresrhythmus? Nun, weil ich Sie alle liebe und

Ihnen Dank zurückgeben möchte. Dank auch an die Kritiker. Ja, denn ohne sie könnte ich nie so fern vom Rampenlicht meinen ganz speziellen Geschäften nachgehen. Sie folgen mir nämlich auf falschen Fährten. Fazit: Ich verdiente wieder gut in den letzten zwölf Monaten. Die Bilanz stimmt. Daran sollen Sie teilhaben."
Beifall, donnernder Applaus.
„Danke", nickte der Boss, „Der Flug beginnt."
Er verschwand von der Bildfläche, als ob jemand den Computer ausgeschaltet hätte.
Lautlos flogen die Drohnen für je zehn Gäste heran. Ribera quetschte sich in die letzte Reihe, und los rasten sie durch die Tube, hinauf in den Sternenhimmel über Madrid, über Licht und Dunkel in den Straßen, Gassen und auf den Plätzen. Die Terrasse war schnell erreicht. Sie erstreckte sich weit, hunderte Meter in der Länge und fünfzig in der Breite – Aufsatz auf ein Riesengebäude.
Obwohl Ribera seine Stadt gut kannte, wusste er nicht, an welchem Punkt sie sich befanden. Es war vor Sonnenaufgang – der Horizont verbarg den neuen Morgen.

*

Über ihren Köpfen sprach jemand spanisch auf sie ein. Es klang wie ein Befehl.
„Rauskommen, sofort."
Beide, Jana und Ellen, beherrschten spanisch gut. Sie zögerten.
Die Männer packten zu und zogen sie hoch.
„Ausländer?", fragte der eine.
„Deutsche Touristen", flüsterte Jana.
Der Mann wandte sich an den Begleiter:

„Wir stecken sie am besten in die letzte Drohne, und ab auf die Terrasse mit ihnen. Wie lange dauert es noch, bis die erste Metro fährt?"
„Dreißig Minuten."
„Also los, quetschen wir sie rein."
„Haben wir zwei Tarnanzüge für sie übrig?"
„Ja, im Gerümpel hinten liegen noch welche."
„Die zieht ihr an, verstanden? Kopfhörer nicht vergessen, Anweisungen befolgen. Klar?"
Jana und Ellen nickten. Sie hörten die Männer flüstern:
„Verletzt sie nicht. Das würde Er nicht dulden und uns strafen."

29: Auf dem Terrassendach...

Auf dem Terrassendach standen die Strandliegen für die Partygäste bereit.
„Legen Sie sich bequem hin", dirigierte die Stimme des Schauspielers im Ohr.
„Setzen Sie nun die Brille auf – sie liegt in der Griffschale, die rechts an der Liege befestigt ist."
Ribera versuchte, seine Position zu orten. Ortung nicht möglich, zeigte das Display an. Um nicht Verdacht bei den Bewachern zu wecken, schickte er eine SMS an Lope.
Wo bin ich, hab keine Ahnung.
Lopes SMS kam sofort.
Ist kompliziert, brauche einige Minuten.
Dann folgte die Antwort. Ribera erschauerte.
Jan konnte die Position auf der Terrasse ebenfalls nicht bestimmen. Verirrt, rettungslos verirrt im Moloch Madrid, dachte er.
Ellen und Jana kauerten in einer Ecke auf dem Dach. Auch sie orteten ihren Standort – vergeblich, schien es. Doch Ellen hatte Erfolg und verbarg ihre Entdeckung vor Jana. Die Männer wiesen ihnen zwei Liegen zu, ganz außen. Die Tarnanzüge, durchfuhr es Jana, deshalb können wir niemand sehen. Und die anderen uns auch nicht.
Wieder erschien Er als Hologramm:
„Liebe Gäste, seien Sie uns gewogen. Ängstigen Sie sich nicht. All Ihre Ansprüche an das persönliche

Wohl werden zuverlässig erfüllt. Sprechen Sie einfach leise vor sich hin, nachdem Sie jetzt den unteren rechten Knopf in Ihrem Anzug gedrückt halten. Mit der Brille, die Sie alle aufsetzen, bitte, können Sie steuern, was Sie bis zum einsetzenden Sonnenaufgang sehen, essen, sagen, inszenieren wollen.
Wir helfen Ihnen, alle Wünsche umzusetzen.
Beispiel: Sprechen Sie jetzt das Wort 'Essen' aus, erscheint vor Ihren Augen ein Menü. Wählen Sie, und Ihr persönlicher Diener füttert Sie sofort an Ihrem Platz. Genauso beim Menüpunkt 'Trinken'. Ihr Wunschgetränk wird Ihnen in die Schale neben dem rechten Griff der Liege gestellt – Salute! Genießen Sie alles!
Achtung: Sobald das winzige erste Licht des Sonnenaufgangs zu leuchten beginnt, schalten sich alle Programme in Ihrer Brille automatisch aus. Sie wechseln dann in den Originalmodus. Die Liegen stehen bereits in der richtigen Ausgangsposition."
Alle Hände bewegten sich zum Kopf und nestelten an den Brillen.

30: Das Fischwesen...

Das Fischwesen glitt an der Hauswand entlang. Saugnäpfe, die es leicht festdrückte und dann wieder entfernte, gestatteten ihm, an der Fassade auf und ab zu rutschen. Es schaute in die Fenster des Krankenhauses, suchte. Hier, auf der Intensivstation, sollten sie in einem oder mehreren Zimmern liegen. Und es fand die Gesuchten schnell. Zügig schlug es die Flurscheibe neben dem Fenster des Klinikzimmers ein, sanfter Druck, Einstieg. An der Flurwand glitt es geräuschlos bis zur richtigen Zimmertür, die es öffnete. Nun verschwand es auf dem Fensterbrett hinter dem Vorhang, den es leicht zuzog, um sich völlig zu verbergen. Die Komapatienten hatten das Fischwesen natürlich nicht bemerkt. Nun wartete es auf den Besuch, der bald eintreffen musste.
Das Fischwesen zog ein Stilett aus seinem glitschigen Schutzüberzug und umklammerte es fest. Diesmal durfte er nicht davonkommen, und koste es das Leben all derer hier im Zimmer. Die waren doch sowieso lebenslang im Koma, die wachten ja nie wieder auf.
Jetzt hörte das Fischwesen Schritte auf dem Flur und konzentrierte sich. Die Schritte wurden aber leiser.

*

Jan stand unschlüssig vor den Kliniktüren. Mit wem anfangen? Er entschied sich für Maria und Carmen, ging ein paar Meter in die andere Richtung und öffnete lautlos die Tür. Zuerst Maria. Er zog einen Zettel aus dem Revers und breitete ihn auf dem Bauch der Leblosen aus. Trifft es zu, las er, dass Meister der Kampfkunst mit dem ganz leichten, kurzen Druck auf gezielte, anscheinend nicht sehr empfindliche Körperstellen des Opfers innere Verletzungen, Koma und sogar Tod bewirken können? Ja, behauptete die Kunst des asiatischen Dim-Mak, des verzögerten Totschlags. Jan blätterte um. Ein westlicher Experte für Kampfkunst hatte Taiwan besucht. Er wurde Zeuge der Demonstration des Kampfmeisters an seinem Sohn. Der Schlag berührte den Jungen nur leicht unterhalb des Nabels. Drei Tage blieb er unter strenger Beobachtung. Am Mittag des dritten Tages näherte sich der Meister dem Bett des im Koma Liegenden. Wie vom Vater vorausgesagt, war der Sohn plötzlich und unerklärlich bewusstlos zusammengebrochen. Mit einer Kräutermassage erweckte ihn der Meister zum Leben. Es dauerte drei Monate, bis sich der Sohn vollständig erholte. Jan zog den Kräuterwickel aus der Jackentasche und rieb bestimmte Stellen auf Marias Lunge und Stirn ein. Er musste es besser schaffen als der Meister. Drei Monate durfte die komplette Genesung nicht dauern. Die Transportfähigkeit, hatte er in einem anderen Buch gelesen, ließ sich schneller erreichen. Aus den vielen in Südasien kursierenden Berichten über den verzögerten Totschlag erschien ihm der des Meisters am geeignetsten. Auf seiner Reise quer durch Asien im vergangenen Jahr hatte er die

Kräutermassage in einem chinesischen Dorf entdeckt. Die Kunst war geheim, aber der Weise hatte sich offenbart, weil er nicht glauben konnte, dass dieser Tourist auch ein Wissender war. Schüler der verbotenen Kampfkunst, lernte er, müssen begreifen, dass sich die Verletzbarkeit des Opfers mit Tageszeit und Außentemperatur ändert – nach traditioneller östlicher Vorstellung etwa im Stundentakt. Das Blut fließe durch 36 Haupt-, 72 Neben- und 108 untergeordnete Tore im Körper. Diese Tore hatte sich Jan lückenlos eingeprägt. Der Meister, der ihre Lage und den Zeitpunkt kennt, an dem der Blutfluss an jedem Tor am stärksten ist, kann mit leichtem Druck auf einen oder mehrere strategische Punkte die tödliche oder lebensbedrohliche Unterbrechung des Blutflusses herbeiführen.

Wer das Wissen besitzt, setzt die eigene Verletzbarkeit herab, indem er den Herzschlag in kritischen Phasen reguliert. Das hatte Jan am eigenen Körper inzwischen perfekt trainiert. Ein Schlag gegen Venen oder einzelne Muskeln reicht aus, um den Stillstand wichtiger Organe zu bewirken, indem ihre Blutversorgung unterbrochen wird. Auch diese Kunst, ebenso wie das Messerstechen in kritische Körperbereiche, beherrschte Jan. Das Opfer bricht in jedem Fall zusammen, weil das betroffene Organ kurzzeitig kein frisches Blut mehr erhält.

Er trennte Maria von den Schläuchen, bevor er die Lunge massierte. Bald darauf erwachte sie. Jan rekapitulierte: 708 Punkte existieren auf den Meridianen des Körpers, um die Energiezufuhr des Menschen zu beeinflussen – genügend Auswahl für unterschiedlichste Arten von

Bewusstseinsstörungen oder von Totschlägen. Noch schwerer als das Verletzen, ohne zu töten, war die Kunst der Erweckung. Maria kam immer besser zu sich. Sie bat um Wasser. Jan flößte ihr kleine Schlucke ein.
Mit der Lungenmassage weckte er auch Carmen. Bei ihr musste er zusätzlich die Waden auf spezielle Weise massieren. Auch sie trank in winzigen Schlucken fast einen Liter Wasser.
Beide Frauen konnten aufstehen. Jan bat sie leise, auf Stühlen stabil sitzenzubleiben und nicht noch einmal aufzustehen. Er müsse gleich ins Nebenzimmer, um Jochen und Joseph zu erlösen. Das Fischwesen umklammerte das Stilett. Jetzt durfte nichts schiefgehen.
Jan zögerte, als er die Tür hinter sich zuzog. Es schien ihm, als hätte er auf dem Gang ein Geräusch gehört. Egal, er würde schnell sein und sofort die Klinik verlassen – niemand sollte ihn bemerken. Und sie könnten alle sieben am Donnerstag pünktlich nach Berlin zurückfliegen. Das war wichtiger als alles andere.
Bei den Männern setzte er Akupressur-Punkte am gesamten Körper – bei Joseph konzentrierte er sich auf Lunge und Herz, bei Jochen auf Bauch, Schultern und Beine. Beide wachten schnell auf. Nun hatte er vier Menschen, die über 60 Jahre alt waren, das Leben zurückgegeben.
Da stieß das Fischwesen zu. In dem Moment sprang die Tür auf. Kommissar Ribera schoss der Gestalt das Messer aus der Hand. Der Stich war abgeglitten und hatte Jan nur leicht verletzt. Das Fischwesen brüllte vor Schmerz.
Ribera befestigte es mit einer Handschelle am Metallgitter des Bettes neben ihm.

„Pradello", rief er ins Handy, „das kostet was, dass du diesen Mafia-Typ auf deine Terrasse lässt."
„Ribera, hör zu, ich werde dir sofort alles erklären."
„Kenne ich, genau die Worte von Lope, als der mir in den Rücken fiel, abends, auf meinem friedlichen Nachhauseweg. Mit der Pistole stand er vor mir."
„Ich hab doch das alles für dich gemacht. Da hattest du die ganze Sippschaft, auch die Deutschen, gleich unter Kontrolle."
Das Fischwesen schrie ununterbrochen.
„Schick mir jemand zum Versorgen. Ich musste eine Hand zerschießen – wir brauchen einen Chirurgen."
„Gleich kommt Hilfe."
„Also, ich hatte alles unter Kontrolle, oben, auf eurer Terrasse? Mein Eindruck war anders."
„Ja, äh, mit den vier Deutschen haben sie mich erpresst."
„Die fangen gerade an, quicklebendig zu werden, nachdem sie Jan aus dem Koma geholt hat."
„Was? Das gibt's doch nicht. Kann er das nachher meinen Assistenten demonstrieren?"
„Geht das? Nachher 'ne Demo für Pradellos Leute?"
Jan nickte.
„Den Sonnenaufgang hab' ich jedenfalls verpasst", maulte Ribera. „Das hätt' mal besser organisiert sein können."
„Bei nächster Gelegenheit holen wir das nach", versuchte Dr. Pradello Riberas Laune zu bessern.
„Hör auf", erwiderte der Kommissar. „Ich brauch' erstmal einen anständigen Cortado."
„Die Schwester ist schon unterwegs."
„Gut, wenn alle so unterwegs sind."
Jetzt zu uns, murmelte Ribera und riss dem Fischwesen mit einem Ruck die Maske vom Gesicht.
„Ellen", brüllte Jan. „Bist du völlig verrückt?"

„Du Schwein", schrie Ellen Jan an. „Du perverses Schwein, an allem hast du Schuld, nur du allein!"
„Vor dem Klären der Schuldfragen noch etwas anderes: Wo ist eigentlich Jana geblieben?" Mehr deutsche Ausdrücke brachte Ribera nicht zusammen.
„Was hast du mit meiner Frau gemacht?" Jan schüttelte Ellen.
„Oben", flüsterte sie. „Ich habe sie leider ein wenig angekettet. In der Toilette."
Der Kommissar bat Pradello, einen seiner Leute hinzuschicken.
„Und was ist mit Anton?", fragte Ribera.
„Angebunden, im Apartment an der Heizung. Mit Maulkorb." Ellens Stimme wurde immer leiser.
Ribera beorderte die nächstbeste Streife dorthin. Zehn Minuten später hatte er Anton am Handy. Er beauftragte ihn herzukommen.
„Aber erst, nachdem du was getrunken hast", ergänzte er.
„Ich hatte mich schon fast befreit. Mir geht es gut."
„Bist eben ein Fakir alter Schule", flachste Ribera.
„Bei uns leben die Toten wieder und die Lebenden gerade noch. Die Schuldfrage scheint geklärt. Für mich jedenfalls."
„Wer?", fragte Anton. „Wirklich Ellen?"
Ribera bejahte.
„Sicher?"
„Absolut."
Das Handy des Kommissars zeigte viele Rufe an, zuletzt fünfmal die Nummer Ortons, die Privatnummer. Außer Ribera kannte sie kaum einer im Kommissariat. Der fünfte Versuch war diese SMS: Sofort ins Kommissariat zu mir. Ermittlungen einstellen. Die deutsche Botschaft übernimmt.

Vor dem Wutanfall zog Ribera den Tarnanzug ein letztes Mal über und suchte den Weg aufs Dach. Im Ohr redete ihn eine fremde Stimme an.
„Sicher wollen Sie mich sprechen? Ich bin der Neffe des Chefs, aus dem Cantaro-Clan. Und ich bin derjenige, der Sie eingeladen hat. Ebenso diesen Deutschen."
„Was wollen Sie?"
„Ihnen die Augen öffnen. Sie auf die richtige Fährte lenken. Nehmen wir an, Sie vermasseln sonst Ihren Fall. Kommen Sie wie geplant aufs Dach, ich finde Sie."
Oben wehte der laue September-Morgenwind.
Sofort bemerkte Ribera die Schlange.
Im Ohr hörte er den Schauspieler:
„Robben Sie vorsichtig zum Dachfirst. Dort startet der Abschluss-Event. Sie alle werden mit Fallschirm und Begleiter auf den Vorplatz des Gebäudes segeln, auf dem wir uns befinden. Keine Angst. Nichts wird passieren. Wir wollen, dass Sie nach dem Genuss des Sonnenaufgangs das abschließende Highlight unseres Treffens genießen."
Der Neffe funkte dazwischen:
„Ribera, drücken Sie auf den unteren Knopf links. Ich reiche Ihnen den Sonnenaufgang per Video nach. Setzen Sie nun Ihre Brille auf."
Ribera verharrte, und vor seinen Augen lief im Zeitraffer der Traum eines perfekten Aufsteigens der Sonne über Madrid ab. Panoramabild, tiefrotes Morgenrot, unwirklich.
„Das ist doch Bildretusche am Computer", meckerte er.
„Sie irren sich. Nur die Zeitbeschleunigung ist meine Zugabe. Der Film dauert 30 Minuten – die Zeit, in der Sie durch Abwesenheit geglänzt haben, mein

Bester."
„Ich bin nicht Ihr Bester."
„Sie denken vermutlich: Ist das der neue Clan-Chef? Ja, er ist es! Sie haben Recht. Und ich verändere Geschäftsfelder. Weg von ekligem Drogenzeug zu sauberer künstlicher Intelligenz. Nachdem mein Onkel vor einem Jahr ins Koma abtauchte, übernahm ich die Führung und wechselte meine Mannschaft aus. Wir entwickeln jetzt Überwachungssysteme. Dafür waren die deutschen Touristen ein guter Test. Totales Beobachten und Ausnutzen öffentlicher Überwachungskameras – alle angezapft in der Abstimmung mit ihren Eigentümern. Und der Höhepunkt: die Party. Auftritt meines Onkels, des Paten, im Hologramm. Programmiert von mir, seinem Neffen. Toll, nicht wahr?"
„Dazu die Spielchen", ergänzte Ribera sarkastisch.
„Zugfahrt, mal ein paar Lichtpünktchen über Bord gehen lassen, Drohnenflug und zum Abschluss Fallschirmjumpen."
„Vielleicht fragen Sie sich, warum Ihr Freund Doktor Pradello mitgespielt hat? Das war leicht zu erreichen. Ich beteiligte mich mit für ihn erheblichem Kapital an seiner Krankenhausgesellschaft, der es leider finanziell nicht gut geht. Das erlaubte mir, seine Terrasse zu nutzen."
„Ist diese Einkaufsstrategie jetzt der neue Stil des Hauses Cantaro?"
„Das wäre zu simpel. Wir nutzen auch Kontakte in die Botschaften – die deutsche zum Beispiel. Das Brillenkommando entwickelte ich höchstpersönlich am Computer. Erst die Brillen, dann bestellte ich die Personen, ausgesuchte Wachschützer, dazu. Alles

gelöst über Internet und Videocastings. Gut, künftig soll es besser funktionieren."

„Mit solchen Methoden wollen Sie sich nun überall einmischen?"

„Einmischen ist zu grob. Helfen – das trifft es besser. Wir bieten Dienste an, benötigt von einer schutzbedürftigen Gesellschaft, die viel Kontrolle nötig hat. Wenn sie reibungslos funktionieren will. Das wird unsere Aufgabe sein."

„Warum wurden gerade die Deutschen Ihr Opfer?"

„Opfer – wieder so ein hässliches Wort, Ribera. Versuch klingt besser. Wir wussten von den Recherchen Ihres Freundes Lope Schultz. Und in Deutschland konnte es dieser Jan nicht lassen, die Mülltransporte meines Onkels in ein falsches Licht zu stellen. Seiner Meinung nach verklappten wir radioaktiven Müll ohne ausreichendes Sicherheitskonzept. Doch die deutschen Behörden hatten längst geregelt, dass es normale Müllfuhren waren. Sie legalisierten unsere Fahrten – bitte beachten Sie diesen Umstand bei Ihren Schlussfolgerungen. Ob jemand verstrahlt ist oder nicht, hat uns bei Personen aus der Uranbergbauregion nicht zu interessieren. Es gibt keine aktuellen, medizinisch seriösen Untersuchungen dazu. Es ist kein öffentliches Thema."

„Sonst müsste der Müll ja auch ins Endlager."

„Ja, in Rönnwitz lagerte er nach dem Ende der DDR so lange in den alten Stollen, bis genügend saubere Erde herangekarrt war. Leider gab es manchmal Stürme – die Staubbelastung war dann hoch. Der Uranstaub lagerte sich in den Wohnungen der Rönnwitzer ab. Das ist heute vorbei. Seit die Außenanlagen der Häuser, die uns dort gehören,

ordentlich fertiggestellt sind, ist alles gut. Kein Uranstaub, keine Strahlenbelastung. Alles andere sind unbewiesene Zwecklügen, die übrigens mein Onkel zu verantworten hätte, nicht ich. In diesem Punkt werde ich nicht in seine Rechtsnachfolge eintreten. Meine Gesellschaften haben diese Art Transporte aufgegeben. Die Firmen sind in Liquidation."
„Perfekt. An alles haben Sie gedacht. Auch an die Menschen?"
„Natürlich. Es gab sogar Entschädigungen. Dreitausend D-Mark für jeden Betroffenen, bar auf die Hand. Obwohl uns dazu niemand verpflichten konnte. Weiterhin offerierten wir günstige Kreditkonditionen für die Mieter und Eigentümer in Rönnwitz. Unsere Hausbank verwaltet dort die Immobilien, die uns gehören, und diejenigen, die wir weiter verkauft haben."
„Dann darf ich meine Ermittlungsakte zuklappen?"
„Das wird Ihnen Ihr Chef heute im Büro nahelegen. Und Sie tun gut daran, diesem Befehl zu folgen, Lieber."
Der Kommissar wandte sich verächtlich ab. Seine Entscheidung stand noch nicht fest.

*

Im Büro traf Ribera auf einen gut gelaunten Orton. „Inoffiziell: großes Lob, Kommissar. Sie haben diesen Fall extravagant und elegant aufgeklärt – wie immer. Aber, offiziell: Die Ermittlungen sind beendet. Die Angelegenheit liegt komplett in deutscher Hand. Der Dicke war schon bei mir. Wir führen auch keinerlei Verhöre, weder im Krankenhaus, noch hier im Kommissariat,

verstanden? Diese Ellen ist für uns die Täterin, glasklar, und den Carlos entlassen Sie bitte umgehend."
Ribera wollte Widerspruch anmelden.
„Sie beherrschen sich", fuhr ihn Orton an. „Ihre nächtlichen Eskapaden – nicht auszudenken, was Ihnen, und uns, hätte passieren können. Verletzungen, noch schlimmer Tote. Falls Sie die Statistik noch nicht kennen: Bei Ihrer tollen Untergrundparty gab es zehn Schwer- und über zwanzig Leichtverletzte, meistens als Folge der Zugfahrt.
Trotzdem, inoffiziell: Ärgerlich, der dicke Deutsche. Borniert, aufdringlich. Ich glaube, er hat was gegen Sie. Habe Sie aber geschützt, Ribera. Und es wird von mir auch keinen Bericht nach oben geben, von mir nicht. Sie bewahren ebenfalls Stillschweigen. Vergessen Sie jetzt diese Touristen und die Anschläge auf sie. Ich bin sogar bereit, die eigentlich notwendige Untersuchung Ihres Schusswaffengebrauchs – oder Missbrauchs? – vorerst auszusetzen. So sehr mag ich Sie."
„Hauptkommissar, Sie wissen wie ich: Es gibt noch viele offene Fragen..."
„... die wir offen lassen. Punktum. Gehen Sie endlich mal heim zu Frau und Tochter wie ein ordentlicher Mensch. Ruhen Sie sich aus. Denken Sie einfach an nichts."
„Ist das ein Befehl?"
„Ja, wenn Sie so wollen. Es ist im Augenblick mein einziger, dringlicher Befehl an Sie. Zwei Dinge erlaube ich Ihnen noch: Weisen Sie, erstens, Carlos' Entlassung an. Zweitens, reden Sie gleich mal mit dem Jüngelchen vom Mafiadezernat. Und das war's für Sie. Inoffiziell: Sie sind mein bester Mann.

Rechtfertigen Sie das Vertrauen auch künftig."
„Danke, Chef."
„Los, erledigen Sie schnell den Rest, und dann ab nach Hause. Sie schlafen ja schon im Sitzen."
„Bin hellwach, Hauptkommissar."
„Lügner. Bleiben Sie bei der Wahrheit. Es steht Ihnen besser."

31: Anita, José und Anton...

Anita, José und Anton bezogen Posten in Riberas Büro. Als der Kommissar den Raum betrat, schossen sie Salven:
„Polizisten sind Jäger, die ihren Vorgesetzten mit schneller Aufklärung Täter liefern", begann Anita.
„Aufgeklärt ist eine Straftat nicht, wenn der Täter verurteilt ist...", schloss José an.
„... sondern wenn der Kommissar den Namen eines Beschuldigten präsentiert", ergänzte Anton. Er hatte wohl unter dem Druck der Kollegen die Seite gewechselt und seine Sprüche vor dem Apartment vergessen. Das Anketten, noch dazu vorgenommen von einer Frau, verwandelte seine Meinung völlig ins Gegenteil.
„Was soll die Show?", fragte Ribera bitter.
„Du beendest also einen Fall, weil es der Chef so fordert", stellte Anita fest.
„Das war Ortons Befehl."
„Befehle stehen über exakter Aufklärung, na ja", winkte Anita mürrisch ab.
„Wir waren nicht faul inzwischen", erklärte José. „Es gab Geständnisse. Aber nicht Ellen ist die Alleintäterin. Sie hat nur Maria und Carmen ins Koma versetzt. Jan, der gute Gentleman, gab zu, Joseph und Jochen – angeblich mit ihrem vollen Einverständnis – nur mal zur Probe außer Bewusstsein gebracht zu haben. Einfach so. Ja, sagte

Joseph, er habe das auch so gewollt. Dann wisse man später, wie man sich im Ernstfall behelfe. Sterbehilfe gäbe es ja in Deutschland nicht. Jochen meinte, er sei skeptisch gewesen, aber der Test habe ihn völlig überzeugt. Es sei eine feine Sache gewesen."
„Kampfkunst dieser Art ist in China seit langem strafbar", dozierte Anita. „Das ganze wird auch Mordtechnik genannt – verbotenes Spiel mit Menschenleben."
„Dreht ihr durch?", schrie Ribera. „Ihr glaubt, ich bin blöd? Klar, es ist Mist, den Fall wegzugeben. Doch es handelt sich um Ausländer, nicht um Einheimische. Wenn die Botschaft interveniert, können wir nichts tun. Geht das nicht in eure Spatzenhirne?"
„Danke, Superhirn. Uns fehlt deine Genialität, um solche Zusammenhänge zu begreifen. Wir denken immer noch, es gab da mal einen Kommissar, den interessierten Bürokratie und Vorschrift wenig, wenn es darum ging, den richtigen Täter zu fassen – und nicht irgendwen zu verdächtigen. Um im Akkord Fälle abzuarbeiten."
José fiel es schwer, den Chef anzugreifen. Anita stiegen die Tränen in die Augen. Sie konnte Streit im Team nicht aushalten. Und wann gab es schon mal Auseinandersetzungen mit Ribera?
„Schreibt eure Protokolle und Notizen alle in eine Datei und schickt mir die Mail nach Hause. Ich will sehen, was ich machen kann. Mehr ist nicht drin. Ihr könnt mich prügeln, es ist mein letztes Wort. Und: Lasst Carlos frei."
„Klar. Trotzdem danke, Ribera", sagte Anton fest. „Ich höre den alten Chef. Anfangs hatte ich heute nicht mehr das Gefühl, seine Stimme zu erkennen. Wir konnten nicht glauben, dass dich irgendjemand eingekauft hat. Hier ist übrigens die Zeitung mit

Lopes Artikel. Wir finden diese Darstellung mutig. Dasselbe dachten wir auch von deiner Arbeit." Ribera verabschiedete sich. Das Bürschchen fiel ihm ein – er musste noch ins Mafiadezernat.
Es war zehn Uhr an diesem Donnerstag, als der dünne Kerl seine Hand drückte und unverschämt grinste.
„Wir haben Sie einbestellt", begann der Schmächtige selbstbewusst, „um Ihnen die Leviten zu lesen. Es geht zunächst um den katastrophalen Artikel Ihres Freundes Lope Schultz, den Sie ja wohl zu verantworten haben. Falls Sie den Wortlaut nicht kennen – Sie dürfen die Zeitung mitnehmen. Ich hörte, Sie haben zu Hause Muße zum Lesen. Unsere Kritik: Wir gehen davon aus, dass Sie bewusst in unser Aufgabengebiet eingegriffen haben."
„Wie kommen Sie auf solchen Schwachsinn?"
„Sie, Ribera, sind eigenmächtig und unabgestimmt zu einem von der Mafia illegal organisierten Treffen marschiert. Einfach so, ohne Absicherung. Schon das reicht für eine Abmahnung – mindestens. Dienstvergehen. Die werden Sie bekommen, pünktlich im Laufe des heutigen Tages. Auch in Abwesenheit. Sie ließen zu, dass unbewiesene Behauptungen in dieser Zeitung Ihres Freundes auftauchten. Unschwer zu vermuten, von wem die Informationen an Schultz stammen. Dazu kommt noch Ihr unmotivierter Einsatz der Dienstwaffe. Da kann ja wohl nicht wahr sein! Ballern Sie jetzt immer durch die Gegend, wenn es – durch Ihre Schuld übrigens – eng wird?"
„Freundchen, das müssen Sie mir Punkt für Punkt beweisen. Voraussetzung ist, dass ich den Artikel mal lesen darf, bevor Sie Ihre Geschütze auffahren. Im Laufe des Tages, klar? Außerdem ist es mir bei

meinen Recherchen gelungen, auch für euch neue Erkenntnisse zu gewinnen. Der alte Cantaro hat die Geschäfte an seinen Neffen übergeben – eine authentische Information."
Das Bürschchen lachte.
„Typisch. Sie bestätigen unsere Vermutungen. Cantaro ist Einzelkind. Er hat keinen Bruder. Also gibt es keinen Neffen – nur drei Söhne und zwei Töchter. Was liefern Sie für Falschinformationen, Mann?"
Er schmiss Ribera fast die Tür an den Kopf, nachdem er ihn mit einem Ruck aus dem Rahmen befördert hatte.
Ribera stand verloren auf dem leeren Flur. Er wollte für einen Moment diesem Knaben gehörig einheizen. Etwas in ihm meinte jedoch, das sei keine gute Idee. Von einer Sekunde zur anderen durchfuhr ihn die Müdigkeit nach der durchwachten Nacht. Er setzte sich auf einen Stuhl in dem langen Gang, schlief ein und wankte Minuten später aus dem Kommissariat. Zu Hause würde er bald den gesamten Tag lang schlafen.
Er war eben seinem Job mit Hassliebe verbunden. Ein Pakt mit einem Teufel war nicht nötig – die Sucht ließ ihn nicht davon loskommen, Verbrechen aufzuklären.
Am nächsten Morgen hatte er Ortons Abmahnung in der Post. Seine Kontakte zu Lope Schultz und Dr. Pradello verstießen gegen einschlägige Dienstvorschriften. Außerdem unterhalte er illegale Kontakte in die Mafiaszene. Auch sei der Gebrauch der Dienstwaffe keineswegs vom Befehl des Vorgesetzten gedeckt.
Wochen später wurde Ribera in die Provinz nahe der portugiesischen Grenze versetzt, in der er

pikanterweise Carlos gestellt hatte. Seine Mitarbeiter setzten sich nicht für ihn ein. Er habe die ihm übermittelten Protokolle ignoriert, sagten sie zu Orton.

Zweiter Teil

Berlin – Rönnwitz – Mallorca

Eins: Einen Monat nach der Versetzung...

Einen Monat nach der Versetzung erwischte es ihn. Magengeschwür, akutes Stadium. Dr. Pradello ordnete an: „Absolute Schonung, mein Lieber, nimm deine Tabletten. Lies Akten, ruh dich aus."
Francisco Ribera nickte folgsam. Lust auf seinen Pendeljob hatte er sowieso nicht. Außerdem konnte er zuhause seine Frau persönlich beruhigen, die sich große Sorgen um ihn und die Tochter machte.
Marta hatte das Medizinstudium abgeschlossen und in Madrid keine Arbeit gefunden. Es gab Kürzungen im Gesundheitswesen. Pradello riet der Familie, ein Angebot aus Deutschland anzunehmen. So war Marta vor kurzem nach Berlin gezogen, auch weil sie ganz gut deutsch sprach. Sie arbeitete jetzt für zwei Jahre als Krankenpflegerin und versorgte Schwerkranke, Komapatienten, die rund um die Uhr überwacht werden mussten.

Zuerst waren die Eltern stolz auf die Tochter. Sie steckte nicht auf, kümmerte sich um Arbeit und war dafür sogar bereit wegzugehen. Doch nun arbeitete sie länger als vereinbart. Der Vertrag knebelte. Auch an Wochenenden musste sie Überstunden schieben und verdiente deutlich weniger als deutsche Kollegen. Obwohl sie inzwischen leicht einen neuen Job im Pflegebereich gefunden hätte, band sie der geschlossene Vertrag – die Klausel: Wer vor Ablauf von 18 Monaten kündigt, zahlt Schadenersatz.
Jeden Morgen stand Marta früh auf und fuhr mit dem Zug nach Hannover. Zwölf Stunden Schicht, Beatmungsgeräte bedienen, Medikamente geben, Patienten drehen und auf Spezialkissen lagern, um Geschwüre zu vermeiden. Danach kam die Ablösung – oder noch eine Schicht zusätzlich.
Außerplanmäßig – aber was lief in diesem Job für Marta nach Plan?
Neun Tage Arbeit, Schlaf im billigen Monteurs-Zimmer, das die Firma gemietet hatte, keine Pausen während der Arbeit. Ein Wochenende frei. Weiter. Der Deutschkurs zur besseren Einarbeitung fand nicht statt. Zimmer in einer Berliner Wohngemeinschaft von spanischen Teamkollegen und fast 500 Euro netto nach Abzug der Miete zum Leben.
Neuerdings putzte sie für Angehörige eines Patienten die Wohnung, kochte, kaufte ein. Das hatte sie ihrer Mutter am Telefon gebeichtet. Ribera rief Tage später an, ob sie den Vertrag nicht doch kündigen wolle. Wie willst du das 18 Monate durchhalten, rief er. Marta weinte. Angeblich verlangten sie 4.000 Euro.
Ich komme nach Berlin und rede mit denen, verkündete Ribera plötzlich der Tochter. Du kannst

doch kein Deutsch, was willst du ihnen sagen? Du übersetzt, erwiderte er, wir lassen uns das nicht gefallen. Außerdem, ich hab ja Zeit.
Ja, heulte Marta, dann hast du gleich wieder neue Magengeschwüre, weil du dich aufregst. Trotzdem, ich fahre, beschloss der Vater. Und seine Frau fand die Idee gut. So ging es nicht weiter mit Martas Arbeit. Aber sie befürchtete, er würde alles einreißen und sie mit noch mehr Schwierigkeiten zurücklassen. Doch Ribera beharrte darauf, nach Berlin zu fahren.
Er hatte (zufällig?) die Protokolle des alten Falles herausgekramt und endlich gelesen. Komapatienten, da kannte er sich doch aus! In den Verhören, las er, gab sich Jan generös, er, der Drahtzieher. Das konnte mal passieren, dass eine Einschläferung, wie er es nannte, zu weit ging. Ellen, die Böse, war an allem Schuld – und sie schwieg konsequent.
Pünktlich am Ende der einwöchigen Reise waren die Touristen damals nach Deutschland zurückgeflogen. Für fünf von ihnen folgte die Zugfahrt nach Rönnwitz. Jana und Jan wohnten in Berlin. Man konnte sie ja mal ... besuchen.
Auch dieses Detektivduo hatte sein Büro in Berlin. Duscher und Deinhaus saßen im Gebäude auf einem ehemaligen Stasigelände. Wenn Marta mitkam und dolmetschte, wäre das doch ... eine interessante Sache. Ribera sah noch viele Lücken in dem Fall. Was war mit dem Albino? Weshalb schwieg Ellen? Warum glitt Jan so sauber aus der Angelegenheit? Hatten die Deutschen überhaupt weiter ermittelt, nachdem die Touristen zurückgekehrt waren? Wie verhielt es sich mit dem angeblichen Neffen? Welche Rolle spielte der Dicke wirklich, der Orton auch nach

Riberas Versetzung weiter „bearbeitete"? Alle Akten zum Fall lagerten lückenlos in deutschen Behörden. Der Ex-Kommissar konnte froh sein, die Kopien von Anita per Smartphone erhalten zu haben, obwohl das für sie als Ortons neuer Sekretärin illegal war. Doch sie verehrte den Ex-Chef noch immer.

Zwei: Der junge Mann wartete...

Der junge Mann wartete in der Ankunftshalle des Flughafens Berlin-Schönefeld. Ich bin der Gewerkschafter, Raul, stellte er sich vor, der die Interessen Ihrer Tochter gegenüber dem Klinikbetreiber vertritt. Der künftige Schwiegersohn? Ribera musterte den Jungen misstrauisch. Marta hatte ihre Art, vollendete Tatsachen in Abwesenheit zu demonstrieren. Zugegeben, lustige Reh-Augen blickten ihn an. Das gefiel ihm. Sie setzen alles durch, ja? Ribera fragte es mehr aus Höflichkeit. Er war müde und viel zu früh aufgestanden nach dem nächtlichen Grübeln über seinem Plan.
Vergrübelt, ausgelaugt, versetzter Versager, durchschoss es ihn. Ein Unzurechnungsfähiger, der den möglichen Freund seiner Tochter examinierte. Raul erläuterte ausführlich die „Aktivitäten der Gewerkschaft", und Ribera hörte wieder mal nicht zu. Fast schloss er die Augen. Die Frage: Wie stehst du zu Marta – die kam ihm nicht über die Lippen. Er registrierte noch, dass ihn Raul morgen zum Termin bei Duscher und Deinhaus begleiten würde. Marta musste rund um die Uhr arbeiten. Da erleben Sie's hautnah: Elternbesuche interessieren die nicht, bemerkte Raul, diese Ausbeuter.
Bis morgen, winkte Ribera ab, gleich vor dem Bürohaus am östlichen Stadtrand. Das Duo residiert im Keller. Ein Ex-Kollege in Madrid hatte ihn vor

Duscher und Deinhaus gewarnt. Die seien gefährlich – vor Jahren hätten sie mal einen von uns in die Mangel genommen. Vorsicht.

*

Das Hotel war nach Riberas Geschmack. Zentrumsnah, am Prenzlauer Berg, vor der Tür eine Tankstelle, hinten raus ein Friedhof. Sie blicken genau auf den historischen Teil der Grabanlagen, erläuterte der Rezeptionist ungefragt in bestem Englisch. Das Zimmer war klein, aber aufmerksam eingerichtet. Winziger Schrank für ein paar Sachen, Stellplatz, erhöht, für den Trolley und sogar ein Arbeitstisch neben dem Bett.
Marta rief an: „Entschuldige, Papa, ich konnte dich nicht abholen. Ich war Raul so dankbar, dass er es übernahm. Er ist unser Gewerkschafter, weißt du."
„Hat er erzählt. Ein guter Freund außerdem, was?"
„Wie kommst du auf sowas, Papa? Sei nicht albern. Meine Lage ist zu ernst für Späße. Ich kann dich vielleicht nur am Sonntag sehen. Sonnabends nach der Schicht muss ich ausschlafen. Wir gehen dann zusammen frühstücken, ganz in deiner Nähe. Es gibt hier jede Menge Cafés mit Frühstückbuffets. Ich hab schon einen Tisch bestellt."
Wann kommt sie auf den Punkt, fragte sich Ribera. Sie ähnelt ihrer Mutter, reden, reden, und die Hauptfrage bleibt offen.
„Wie soll ich ohne dich deine Jobprobleme regeln, Kind?"
„Ich muss selbst klarkommen, Papa. Du machst dir mal einen schönen Urlaub – den hast du dir verdient. Denk einfach nicht an deine schwer schuftende Tochter. Frag Raul, wie er uns hilft, die

Arbeitsdinge zu lösen. Geh ins Kino, ganz in der Nähe ist eins, das ab und zu spanische Filme in Originalsprache zeigt. Bummle durchs schöne Partyberlin. Aber keine Flirts, denk an Mama!"
„Keine Flirts", wiederholte er mechanisch, „deine Sorgen um mich, toll. Wie kommst du raus aus deiner Arbeitsspirale?"
„Es ... wird gehen, irgendwie."
„Irgendwie. Man könnte sich Überzeugenderes vorstellen. Einen Auflösungsvertrag zum Beispiel. Und ich nehme dich gleich mit nach Hause."
„Willst du tausende Euro Schadenersatz zahlen?"
„Wenn es sein muss?"
„Nach deiner Versetzung in die Provinz? Dein Gehalt ist bestimmt seitdem nicht erhöht worden."
„Trotzdem. Ich hol dich hier raus. Nur deshalb bin ich gekommen", log er.
„Erzähl mir nichts. Mama hat mir verraten, dass du auch wegen deines Falls mit den deutschen Touristen gekommen bist. Lass diese Sachen! Schau es dir an, das neue Berlin. Vor zwanzig Jahren, als wir das letzte Mal in der Stadt waren, sah es noch grau aus im Osten."
„Der Berlin-Tourist verspricht Besserung."
„Gib Raul deine Tipps. Das hilft dann nicht nur mir, sondern auch allen anderen von uns. Wir sind über hundert spanische Pflegekräfte. Und allen geht es wie mir. Bis Sonntag. Adieu."
Sie beendete einfach das Gespräch. Wenigstens hatte er ihre Nummer hier in Deutschland. Er packte sein Zeug in den Schrank, kontrollierte die Umhängetasche – sein mobiles Büro. Zweithandy dabei? Ja. Dafür brauchte er schnell eine neue SIM-Karte. Drittes Handy? Am Platz. Das war für den Kontakt zu Anita. Er schaltete es ein. RYM, lautete

die SMS, abgeschickt vor einer Stunde. Read Your Mails – ihr Code. Ribera tippte die Geheimadresse ein und las ihre Nachricht:
„Orton muss von deiner Reise wissen. Er hat so eine Bemerkung losgelassen. Sie warten nur auf einen Fehler. Geh kein Risiko ein, bitte. Wir können auch nicht wie gewohnt korrespondieren. Alles wird überwacht. Nimm – für den äußersten Notfall – das geheime Handy, nur privat, an mich. Alles andere vergiss'. Deine Frau sorgt sich. Schöne Grüße trotzdem."
Er zwang sich zur Konzentration. Wie war das im Taxi? Sie unterhielten sich, Raul und er. Wenige Möglichkeiten zur Kontrolle. Und doch hatte er vom Rücksitz aus auf hinter ihnen fahrende Autos geachtet. Einmal, an einer Kreuzung, fühlte er sich verfolgt. Albern, dachte er. Außerdem war ihm später keines der Autos ein zweites Mal aufgefallen. Oder? Er zweifelte.
Im nahen Babylon liefen lateinamerikanische Filme im Original mit deutschen Untertiteln. Gut zum Üben, denn deutsch blieb eine der Sprachen, die er schlecht beherrschte. Obwohl er mit seiner Tochter gelernt hatte, sporadisch jedenfalls. Sie spielten den argentinischen Film über eine Frau, die von ihrem Mann verlassen wird. Sie stürzt sich ins Singleleben, besucht Bars. Der erste, den sie angelt, ist ein Geschäftsmann. Er weiß, wie das Leben ist, und erklärt es ihr: Sie bleibt bei ihm zu Hause, er sorgt für alles. Kochen? Hausarbeit? Keineswegs. Sie muss die Diener nur kontrollieren. Und ihm sagen, ob sie sein Geld wert seien. Sie flüchtet. Der nächste ist fünfzehn Jahre jünger als sie. Melancholiker, bildschön, aber nur zu ertragen, wenn er zugekifft

ist. Sie kifft mit. Im Normalzustand gibt es sofort
Streit, über alles, weil der Alltag nicht funktioniert.
Der Job, die Wohnung, irgendwas steht permanent
auf der Kippe. Sie flüchtet abermals.
Der dritte ist gleichaltrig. Er verspricht nichts. Aber
sie gehen in Museen, Kirchen, Theater, beide
interessieren sich einfach für alles. Sie diskutieren,
ohne zu streiten. Sie findet ihn wunderbar, er liebt
sie grenzenlos.
Ein Autounfall. Er stirbt noch im sich
überschlagenden Fahrzeug. Sie bricht zusammen,
trauert um diesen Mann der Männer. Ihre Freundin
aus Studientagen stöbert sie auf. Auch sie wurde
vom Ex verlassen. Beide buchen eine Weltreise.
Ende ohne Schluss.
Solche Filme mochte Ribera. Er spann den Faden
weiter. Die Frauen könnten doch neue Kavaliere
kennenlernen, reiche Europäer, die sie auf
Kreuzfahrtschiffen verwöhnen. Sie fallen aber nicht
auf die Lebemänner herein, hetzen im Gegenteil
beide aufeinander – und werden selbst ein
Liebespaar.
Oder: Das Schiff havariert. Die Besatzung rettet sich.
Doch nur die vier überleben – auf einer
menschenleeren Insel. Sofort streiten alle.
Vergangenes wird aufgerechnet, bis die Frauen
beide Männer töten. Kannibalismus... hier brach
Ribera ab, weil er in seinem Hotelzimmer stand. Die
Tür, war sie überhaupt verschlossen? Drinnen
Verwüstung. Chaos. Er wühlte, um festzustellen, was
gestohlen war. Sein mobiles Büro hatte er ins Kino
mitgenommen. Sonst befand sich nichts Wertvolles
im Gepäck, kein Geld, keine Kreditkarten. Nichts.
Umso schlimmer schien der Einbrecher gewütet zu
haben.

Ribera wählte die Null am Telefon und bat die Dame an der Rezeption, sich den Einbruch als Zeugin anzusehen. Sie lehnte brüsk ab. Vielmehr sollte er zu ihr kommen und den Vordruck eines Meldebogens „für solche Fälle" ausfüllen. Er fotografierte das Zimmer mit dem Handy (Nummer eins) und schrieb den Zettel. Weil nichts gestohlen war, machte ihm die Dame keinerlei Hoffnung. „Wir geben alles an die Polizei. Die meldet sich bei Ihnen", versicherte sie.
Ribera sah sich in der Lobby um. Er bemerkte nichts Verdächtiges. Als er ins Zimmer zurückkehrte, war alles wieder sauber aufgeräumt, als ob ein böser Traum verflogen sei. Er rief erneut die Rezeptionistin an. „Dann darf ich den Bericht vernichten?", lautete die Rückfrage.
„Sie, ich bin stocknüchtern, ich hab das nicht geträumt", tobte Ribera. „Meine Handyfotos – nachher zeige ich sie Ihnen."
„Nicht nötig, keine Umstände. Die Ursache für Ihre Beschwerden ist offenbar behoben. Von wem auch immer. Gehen Sie jetzt mal schön zu Bett. Ist bereits Mitternacht."
Sie legte einfach auf. Ribera sah den Zettel auf seinem Kopfkissen erst jetzt – dort stand: Das Gegenteil eines Fehlers ist wieder ein Fehler – willkommen in Berlin.

Drei: Raul schreckte…

Raul schreckte aus dem Schlaf. Das war nicht der Weckalarm. Er griff zum Handy: sechs Uhr morgens. „Mein Name ist Horst. Bitte legen Sie nicht auf, auch wenn wir uns noch nicht kennen. Ribera hat mich beauftragt, mit Ihnen zu sprechen, bevor Sie heute zusammen mit ihm die Detektei besuchen. Duscher und Deinhaus, Sie wissen Bescheid?" Raul bestätigte. „Ribera ist ein alter Freund von mir. Wir helfen uns gegenseitig, so auch jetzt. Denn als Ermittler hatte ich einige Male mit den beiden Herren zu tun. Es ist nicht immer in unserem Sinne, welche Aufträge diese Herren erledigen."
Raul atmete tief durch.
„Woher haben Sie meine Nummer? Ribera kennt die nämlich nicht."
„Keine Sorge. Wenn wir einen Kontakt benötigen, finden wir uns schon zurecht."
„Warum, zum Teufel, überfallen Sie mich so früh? Es wird für mich ein harter Tag, ich muss für Ihren Freund pausenlos übersetzen."
„Nicht nur das. Deshalb der Anruf. Es wird noch härter. Bei Ribera läuft die Sache so: Zu unsicheren Kantonisten, und das sind diese selbst ernannten Detektive, geht er erstmal allein rein. Sie warten draußen. Genau zwanzig Minuten. Und dann müssen Sie dazu kommen, unbedingt. Ohne Anruf, ohne Befehl von ihm. Sie werden rechtzeitig um das Gebäude herumgehen und den Hintereingang

finden. Den Haupteingang können Sie nicht nehmen, der wird videoüberwacht. Aber hinten gibt es keine Kamera. Die wurde von Jugendlichen so lange abgerissen, bis sie der Eigentümer nicht mehr erneuerte. Die Tür ist natürlich verschlossen. Vor der Tür wird Ihnen jemand von uns eine Pistole in die Hand drücken, mit Schalldämpfer. Sie schießen das Schloss auf und gehen durch den Raum mit den Computern – das Herz der Detektei. Unser Ärgernis seit Jahren. Dort sind Daten gespeichert, auf die wir von der Berliner Kripo keinen Zugriff haben. Die stammen noch aus Ostzeiten, DDR, denn Duscher und Deinhaus standen im Dienst der Staatssicherheit. Nach dem Mauerfall haben sie sich dieses digitale Pfund gesichert, und mit dem arbeiten sie nun für private Kunden. Also, Sie gehen da durch und öffnen vorsichtig die Tür zum angrenzenden Raum. Dort finden Sie die drei, Ribera und die beiden Privatdetektive.
Variante eins: Die drei schwatzen friedlich, alles in Butter.
Variante zwei: Ribera ist von denen an der freien Meinungsäußerung gehindert – gefesselt, geknebelt. Sollte das zutreffen, halten Sie die Detektive mit der Knarre in Schach, gehen langsam zu Ribera und bedrohen einen von denen damit, dass Sie ihn sofort erschießen, wenn unser Freund nicht sofort freigelassen wird. Sollte nichts passieren, müssen Sie einen Warnschuss abgeben. Wir sind dann bereit und stürmen den Keller. Verstanden? Noch Fragen?"
Raul zitterte.
„Wieso sagt er mir das nicht selbst? Warum Sie? Ich kenne euch doch gar nicht."
„Zu gefährlich, Raul. Im Taxi kann er Sie schlecht informieren, im Hotel müssen wir ebenso mit

Abhören rechnen. Denn dafür sind die Detektive Spezialisten. Mein Handy ist dagegen absolut sicher. Wir hatten das Ganze eigentlich für seine Tochter vorbereitet. Doch jetzt machen wir das mit Ihnen. Atmen Sie tief durch, keine Angst. Alles wird gut. Ribera und ich geben Ihnen unser Ehrenwort, ganz pathetisch gesprochen."
Raul überlegte, Ribera anzurufen und abzusagen. Plötzliche Krankheit. Welche? Fieber. Durchfall. Erkältung. Marta hatte ihn ganz schön überrumpelt. Sie war ihrem Vater ähnlich. Diese Aktion wäre sicher nach ihrem Geschmack. Action. Sie liebte Action. Es musste immer was los sein. Mal sitzen, ein Buch lesen – langweilig. Lieber durch Berlin ziehen, bis in die Nacht. Also, er durfte hier nicht schlappmachen.
Raul stand auf und setzte den Cortado an. Dann den zweiten. Er aß ein Marmeladenbrot.

*

„Du hast ihn informiert?", fragte Ribera seinen deutschen Freund. „Die Reaktion? Gut?"
„Er ist ein Amateur, definitiv. Deiner Tochter hätte ich mehr zugetraut."
„Meine Tochter wäre nicht besser. Sieht aus, als hätte er wenigstens Kraft. Mehr Power als sie."
„Mag sein. Hoffentlich dreht er nicht durch."
„Egal, es geht nur mit ihm. Er kennt das Gebäude, den Hintereingang?"
„Klar, alles ist gesagt, alles. Pass bloß auf dich auf, Ribera. Perfekt schützen können wir dich nicht."
„Perfekt – nichts ist perfekt. Vielleicht sind die Detektive gar nicht so gefährlich?"

„Bei unseren Razzien hatten wir nicht den Eindruck. Hör zu, ich mache das nur für dich, gegen die Vorschriften. Auf meine Kappe."
„Wir verstehen uns. Ich hab auch vieles auf meine Kappe genommen. So sind wir."
„Entschuldige. Wir stehen vor Ort bereit, falls..."
„Danke."

*

Ribera drückte die Klingel im Keller des Verwaltungsgebäudes, in dem früher die Stasi-Bezirksverwaltung residierte. Heute war der schmucklose Betonklotz von Firmen wie Export-Import, Kopierservice, Maschinenhandel und Baubetreuung okkupiert.
Duscher öffnete die Tür so flink, als ob er dahinter gewartet hätte.
„Treten Sie doch näher, werter Herr Ribera."
Sie sprachen englisch. Ribera riskierte kein Gespräch in deutscher Sprache. Er dankte für den Kaffee aus der Thermoskanne. Milch? Zucker? Ja, gern.
Ribera begann zu reden. Er sei nicht offiziell hier.
„Wissen wir. Könnten Sie ja auch nicht, als Provinzhäuptling an der portugiesischen Grenze", lachte Deinhaus.
Ribera spürte das winzige Erröten, das ihm ins Gesicht stieg. Normalerweise war das kein gutes Zeichen. Sie sind instruiert, dachte er, was hatte ich auch erwartet?
„Es geht mir um die deutschen Touristen, die Sie in Madrid überwacht hatten", nahm er seinen Gesprächsfaden auf.

„Die Halbtoten", ergänzte Duscher. „Haben wir aber nichts mit zu tun."

Deinhaus spielte hinter ihm an einem der Notebooks und fuhr eine Szene zur Nahaufnahme hoch. Auf der Leinwand, ihm genau gegenüber, sah Ribera sich auf der Plaza mit den Touristen sitzen – und Joseph fiel regungslos vom Stuhl.

„Tot? Natürlich nicht", gab sich Duscher selbst die Antwort. „Scheintot. Kennt man aus dem Mittelalter, übrigens. Sogar im alten Ägypten ein beliebtes Mittel, um den Gegner zu verwirren."

„Wer war es?", fragte Ribera. „Wer steckt dahinter?"

„Woher sollen wir es wissen?", fragte Deinhaus zurück. In dem Moment sprang Duscher hinter Riberas Stuhl und fesselte ihn mit einer Schlinge an die Lehne.

„Und jetzt sind wir dran. Wir stellen nämlich die Fragen, zumindest in unseren heiligen Hallen. Dahergelaufenen angeblichen Freunden antworten wir schon gar nicht. Was", fragte Deinhaus, „wollen Sie noch mit diesem Fall? Die Akten liegen hier in Berlin. Ermittlungen wurden nach unserer Kenntnis nicht mehr aufgenommen. Grund: Geringfügigkeit. Denn niemand kam zu Schaden. Die Touristen erfreuen sich per heute bester Gesundheit. Es sind durchweg alte Knaben und Mädels, über sechzig, man kann nie wissen, wie es weitergeht in diesem Alter. Erledigt – warum nicht für Sie?"

„Ich will wissen, wer es war, Ellen oder Jan", beharrte Ribera. „Oder ein ganz anderer?"

„Bester Freund, Kamerad: Kurze Erinnerung – Sie hatten Carlos. Mit Anfangsverdacht. Also festsetzen; den Rest erledigt der Staatsanwalt."

„Carlos war als Taschendieb eine billige Attrappe. Das Faktotum derer, die euch mit dem Überwachen beauftragten."

„Uns beauftragte jemand?", fragte Duscher frech. „Da wissen Sie mehr als ich. Zurück zu Ihnen. Karriere zerstört, aber Sie lassen nicht locker. Alle Achtung. Schließen wir die Drähte an. Wir wollen mal sehen, was Sie aushalten, guter Mann. Sie sind ja nicht mehr der Jüngste. Über fünfzig, stimmt's, Deinhaus?"

„Ja, ein gutes Stück sogar", antwortete der, befestigte die Klemmen an Armen und Beinen, drehte auf, bis es in Ribera surrte, raste. Der Elektroschocker röhrte gleichmäßig.

„Halt", schrie er, „was wollt ihr?"

„Wer ist dein deutscher Statthalter hier in Berlin?"

„Ich kenne den Namen nicht."

„Falsch." Deinhaus erhöhte die Frequenz.

„Er heißt Horst", ächzte Ribera.

„Weiter. Horst und?"

Ribera zitterte auf dem Stuhl wie ein Rochen. Er sah noch, wie die Stahltür ächzte.

Raul krachte mit gezogener Pistole in den Raum. Er presste die Waffe an Deinhaus' Stirn und riss das Kabel aus dem Stromgerät.

„Bind ihn los", schrie er, „sonst..." Er hob die Pistole, wollte in die Luft schießen.

Zwei Bewaffnete stürmten das Detektivbüro im Keller. Duscher und Deinhaus gaben widerstandslos auf. In Handschellen saßen sie vor Ribera, der jetzt – allein mit dem Dolmetscher Raul – die Fragen stellte. Er schaute auf die Uhr – das Spektakel hatte nur zehn Minuten gedauert. Sein deutscher Freund musste die Eingreifzeit ohne Absprache halbiert haben. Eine Eigenmächtigkeit, die ihm nicht gefiel, trotz der Starkstromfolter.

„Woher kennen Sie die sieben Touristen?", begann der Spanier.
„Wir nehmen jeden Auftrag an, wissen Sie", antwortete Duscher.
„Während Sie sich bei Ihren Ermittlungen die Leute aussuchen, mit denen Sie zu tun haben wollen, machen wir Drecksarbeit."
„Woher...", wollte Ribera wiederholen.
„Schon vor dem Mauerfall. Wie Sie richtig vermuteten. Alte Kundschaft. Streithähne, die sieben. Aufmüpfige. Das nennt sich dann Regimekritiker. Geht nicht wählen, wie es sich gehört. Beschwert sich. Hasst den Sozialismus. Haben wir alles erfasst."
„Konkret: Warum diese sieben?"
„Er wollte es so. Unser Auftraggeber. Der Neffe des Mafiabosses."
„Er hat keinen Neffen."
„Bastarde können verleugnet werden. Sie existieren trotzdem. Zur Tarnung nannte ihn der Boss den ‚Neffen' oder ‚Vetterchen'. Ellen war seine Geliebte. Das Vetterchen ist ihr Kind – von ihm. Davon wusste niemand."
„Wurde er kaltgestellt?"
„Eher mit Spielgeld abgefunden. Darf mit den neuen Medien experimentieren. Deshalb kam der Auftrag an uns. Wir sind Vorreiter, die Besten unter den Privatdetektiven bei der Überwachung 2.0."
„Von hier aus zapfen Sie Überwachungskameras in Madrid an?"
„Das gehörte zum Auftrag. Nicht einfach, zugegeben. Aber wir haben es geschafft, heureka!"
„Lob werden Sie von mir nicht hören. Ich betrachte euch selbst als Bastarde. Im Westen wart ihr Regimegegner, RAF; dann flogt ihr auf, gingt in den

Osten und verdingtet euch mit neuer Identität der Stasi. Irgendwas auszusetzen oder abzustreiten? Korrekturen?"
Beide schüttelten den Kopf. Deinhard fügte hinzu: „Das hätte Ihnen alles Ihr Freund Horst erzählen können. Fragen Sie den, weshalb er schon zweimal Razzien bei uns angesetzt hat. Ohne uns danach in irgendeiner Form zu behelligen, vom Entzug der Konzession ganz zu schweigen. Für ein Gerichtsverfahren reicht das nämlich alles nicht. Verjährt und vergessen. Und heute ist der liebe Horst illegal hier. Aus alter Freundschaft zu Ihnen, einem ausgemusterten Kommissar. Das sollte Folgen haben, meinen Sie nicht?"
„Halts Maul", brüllte Horst aus dem Nebenraum. „Ich kassier' dich noch, du Schwein."
„Langsam", übersetzte Raul. „Ganz ruhig." Der Übersetzer starrte Horst und Ribera an, die Blicke wechselten. Was habt ihr vor, fragte er aus den Augenwinkeln, ohne ein Wort.
„Also." Ribera setzte das Verhör betont langsam fort. „Nochmals: Was hat das Vetterchen mit den sieben Deutschen am Hut?"
„Für den Alten, den Boss, haben die sieben gejobbt, gleich nach der Wende, Atommüll verladen und weggefahren – aus diesem Nest Rönnwitz. Fragen Sie doch Jan, den Schlaumeier. Der weiß alles darüber. Wir sollten die in Madrid nur beobachten, nichts weiter, und unseren Film drehen, den niemand abnahm. Nicht mal der Aufwand wurde vergütet. Ein Verlustgeschäft. Nur wegen dieser Serie von Mordversuchen, die dem Alten auf einmal nicht gefielen. Der wollte plötzlich ganz andere Sachen sehen. Ellen hatte sich vor Jahrzehnten an Jan herangepirscht. Damals sprang er nicht an. Sie

liierte sich mit dem Albino. Nun versuchte sie es erneut bei Jan. Fehlanzeige, bewies unser Film. Das ist doch auch ein Ergebnis. Aber er stritt es ab. Solche Beweise liebt man nicht in diesen Kreisen." Ribera beendete abrupt das Verhör. Draußen sagte er zu Raul:
„Ich musste es riskieren. Nun werden die beiden mit dem Staatsanwalt zu tun haben. Und du: alles überstanden?"
Raul nickte.
„Überstanden schon, nicht verstanden."
„Was ich erklären kann, werde ich abends im Hotel nachholen. Ich lad dich zum Essen ein. Wir probieren deutsche Küche."
Raul lebte schon im dritten Jahr in Deutschland. Zwar gewöhnte er sich nicht an Bratwurst und Sauerkraut, aber von Zeit zu Zeit aß er Hauptstadtklassiker gern – sogar Eisbein. Sie waren hier oft ebenso preiswert, wie Schinken in Madrid billig sein konnte. Rotwein dagegen... Schlecht und teuer in Berlin, fand er. Bier mochte er nicht besonders, obwohl das deutsche mit dem spanischen mithalten konnte.
Ribera versuchte, kurz und knapp über die deutschen Touristen zu berichten. Denn er hatte noch was vor mit Raul:
„Übermorgen geht's nach Rönnwitz. Ich brauche dich dort wieder als Übersetzer. Mehr ist in diesem Nest nicht zu leisten. Das Pistolenabenteuer hast du hinter dir." Eine voreilige Einschätzung, wie sich zeigen sollte.
Raul erklärte sich bereit. Maria arbeitete nach wie vor im Schichtdienst, sie konnte beim besten Willen nicht einspringen. Dagegen hatte Raul seine zwei Pflichtjahre durchgehalten und war seit kurzem

„anständig" beschäftigt – als Assistenzarzt. Und so bekam er auch mal Urlaub und konnte Überstunden abbummeln.

*

Am nächsten Tag stand Jan auf dem Zettel des Meisters. Dafür brauchte Ribera seinen Übersetzer nicht. Außerdem musste Raul nicht alles wissen. Der blieb misstrauisch. War es nicht eine abgekartete Aktion von Ribera und diesem Horst, um Duscher und Deinhaus hinter Schloss und Riegel zu bringen? Die sind doch eine Woche später wieder auf freiem Fuß. So schnell knackte man die nicht.
Übrigens, berichtete Horst an Ribera, die Unterlagen zu den Madrider Vorfällen seien unter Verschluss. Geheim. Niemand käme ran. Ermittlungen? Weiter aufs Eis gelegt. Horst musste zugeben, dass sein Freund vermutlich überwacht wurde: „Kontrolliere dein Hotelzimmer. Vielleicht findest du Wanzen."
Die fand Ribera zwar nicht, aber eine Webcam im Fernseher, die im Dauerbetrieb lief. Ausbauen, abschalten konnte er sie nicht. An wen sie was übertrug? Keine Ahnung. Horst erklärte sich bereit – aber es sei das letzte Mal – während Riberas Abwesenheit nachzusehen, illegal. Er hatte Angst vor dem Rausschmiss.
„Deck sie erstmal mit einem Hemd ab. Oder einem Tuch."
„Du hilfst mir schon", tröstete ihn der Spanier lakonisch. „Wir haben doch ein dickes Fell."

*

Mit dem letzten unbenutzten Handy verabredete sich Ribera im Café am Wasserturm. Jan war pünktlich. „Freut mich, Kommissar", strahlte er. Ribera probierte den Kaffee – keine Cortado-Qualität, leider. Er fragte Jan nach dem Albino.
„Ach, das ist so 'n alter Freund unserer Truppe. Konnte nicht mit nach Madrid. Er war mal scharf auf Ellen, lange her."
„Wie lange?"
„Nun, Anfang der Neunziger. Als wir sieben beim Italiener arbeiteten, den Müll von Rönnwitz beseitigen halfen."
„Sind eigentlich damals alle verstrahlt?"
„Wussten wir zunächst lange nicht. Es ist auch unterschiedlich. Der Albino war als Aufpasser für uns eingesetzt. Deshalb ist er bei manchem unbeliebt. Er dürfte am wenigsten abbekommen haben. Bei Jana geht es ebenfalls. Sie war nur selten in Rönnwitz zu Besuch – wir leben ja in Berlin. Ich bin oft runter in die Stollen, habe Fossilien und Mineralien gesucht. Bei mir ist es schlimmer. Die anderen sind noch übler dran. Sie müssten regelmäßig Tabletten schlucken – das machen sie im Gegensatz zu mir nicht."
Ribera erkundigte sich nach dem Verhältnis des Italieners zum Albino:
„Warum haben Sie uns nicht früher von ihm erzählt?"
„Interessierte ja keinen."
Jan zog ein Foto aus der Jackentasche. Ein strohblonder, schmaler Kerl stand Arm in Arm mit einem sonnenverbrannten alten Herrn vor neuen Einfamilienhäusern. Beide lachten in die Kamera.
„Die Häuser hat er damals bauen lassen, der Italiener. Das ist dessen Geldwäsche. Aber um das

herauszufinden, habe ich echt Jahre gebraucht. Unser Albino war der Bauleiter – im Auftrag Cantaros."

Plötzlich fragte Jan:

„Wieso wollen Sie das wissen? Sie dürfen hier doch gar nichts untersuchen, nicht in dieser Angelegenheit jedenfalls."

Ribera stutzte und stellte die Gegenfrage: „Ermitteln denn die deutschen Behörden inzwischen?"

„Nicht, dass ich was mitbekommen hätte. Aber Sie können doch nichts mehr für die Aufklärung der Geschehnisse in Madrid tun. Und gegen die Mafia lehnt sich einer wie Sie ja anscheinend niemals auf."

„Ich denke doch. Obwohl unsere Dienststellen uns alles komplett wegnahmen."

„Nachdem Sie gekniffen haben."

„Ich bin aus dem Fall rausgeschmissen worden. Und ich arbeite jetzt in der Provinz. Reicht das?"

„Tatsächlich? Lope hat mir was anderes erzählt. Sie wollten nicht mehr."

„Lope. Der Beitrag von ihm brachte den Stein endgültig ins Rollen."

„Sie brachten Lope ins Rollen. Er ist entlassen. Freier Journalist seither. Überlegt, ob er ins Ausland geht. Frankreich."

„Was ich über die Herangehensweise der Deutschen weiß: Sie betrachten die Mordversuche als innere Angelegenheit von euch sieben Touristen. Insofern hängen Sie nach wie vor voll mit drin, Jan. War es das wert?"

„Ich denke, ja. Die Aufmerksamkeit hätten wir in unserem Land nie erzielt. Ich hab es versucht. Madrid lief besser."

„Mit hohem Preis."

„Aber wir gewannen jemand wie Sie. Der nicht locker lässt. Wir dachten, das kann für uns nur gut sein. Haben wir uns getäuscht?"
„Wie verlief übrigens Ihre Affäre mit Ellen?"
Jan sah Ribera verärgert an und ging ohne Abschiedsgruß.
Ribera schickte Anita eine SMS: Was ist mit Lope und Dr. Pradello los?
Die Antwort folgte prompt. Lope sei bei der Zeitung rausgeschmissen worden. Wegen dienstlicher Verstöße, nicht wegen des Mafia-Artikels, der auf Jans Informationen basierte. Dr. Pradello sei als Klinikchef abgelöst. Es stehe auf der Kippe mit dem Weiterbetrieb der Klinik. Pradello habe ein Angebot in Südfrankreich. Dorthin wolle er gehen. Und Lope solle sein Pressesprecher werden.
Zurück im Hotel prüfte Ribera den Fernseher in seinem Zimmer. Die Webcam fehlte. Das Gerät war ausgetauscht worden; er wühlte seine Sachen durch. Nichts fehlte. Er schaltete Handy eins an, wählte die Nummer seiner Frau, brach aber die Verbindung ab. Lieber ließ er sich von Anita noch Unterlagen zu Jan mailen. Die kamen prompt. Beim Lesen glaubte er, Anita zu spüren, und erschrak. Draußen peitschte Wind den Regen ans Fenster.
Als er das Hotelfoyer betrat, saß der Dicke gleich neben der Rezeption. Ribera kam nicht ungesehen an ihm vorbei, unmöglich. Wie eine Feder sprang der Dicke vom Sitz hoch und überschüttete den Spanier mit Komplimenten:
„Herr Ribera! Sie schenken uns die Ehre Ihres Besuchs? Haben wir das wirklich verdient? Ich kann es gar nicht glauben, Sie als Urlauber aus Madrid in meiner Heimat begrüßen zu dürfen: Madrid-Urlauber!"

Ribera schüttelte notgedrungen die ausgestreckte Hand und ließ sich ins Polster fallen.

„Sehen Sie", der Dicke fummelte einen dicken Schnellhefter aus seiner Aktentasche auf den Glastisch, „das passt. *Vorgang Madrid-Urlauber* heißt es auf dem Deckel. Und Sie sind obendrauf. Erster Bericht: Unerlaubter Waffenbesitz Ribera, Francisco, September 1974. Franco-Zeit, na, das dürfte verjährt sein, oder? Dient nur zur Einordnung für uns. Anarchistische Phase, Widerstand. Danach geht es ausschließlich um unsere Touristen, die Sie offenbar immer noch interessieren."

„Trotzdem", erwiderte Ribera, knallrot im Gesicht, „ich wüsste nicht, was wir noch zu reden haben."

„Lassen wir doch die Förmlichkeit. Nennen Sie mich einfach Willi."

„Herr Willi, was wünschen Sie?"

„Nun, hätte ich wahrhaftig wie im Märchen einen Wunsch frei – ich wünschte, Herr Ribera, Franjo, dass Sie Ihre sinnlosen Schnüffeleien nicht noch auf deutschem Boden fortsetzten. Nachdem Ihnen schon an der Heimatfront alles misslang, was misslingen konnte."

„Wie kommen Sie auf diese ungeheuerliche Vermutung?", ging Ribera in die Offensive, sich dem Ton des Gegenübers anpassend.

„Wir hegen den begründeten Verdacht, dass Sie illegal von uns korrekt beendete Ermittlungen weiterzuführen gedenken. Wobei uns unklar ist, welche Richtung Sie einschlagen. Mafia? Nicht Ihr Aufgabengebiet, weder vor noch nach der Versetzung. Mordversuche in Madrid? Nicht mehr Ihr Ressort, erst recht nicht im Ausland. Also?"

Der Dicke beugte sich vor, steckte die Akte wieder ein und klappte die Tasche zu.

„Ich bin hier, um meiner Tochter in einer rein privaten Angelegenheit zu helfen."
„Leider hat sie keine Zeit für ihren Vater. Was treiben Sie, besuchen Sie die Szene im Prenzlauer Berg?"
„Genau. Ein interessanter Vergleich zu Madrid. Nur das Wetter lässt für Urlauber aus Spanien zu wünschen übrig."
„Das leidige Wetter tischen Sie mir auf... Nochmals: Weshalb sind Sie hier, privat? Sie ermitteln ganz und gar nicht in einer gewissen Sache, die nur noch uns deutsche Behörden angeht?"
„Sind das alles Drohungen? Ich bin freier EU-Bürger."
„Lachhaft. Ich stelle fest, Herr Ex-Kommissar, und mache mir Sorgen. Das ist eine letzte Warnung."
Der Dicke erhob sich ächzend und wackelte zum schwarzen Wagen, der vor dem Hoteleingang stand. Er ließ sich auf die Beifahrerseite fallen. Der Chauffeur raste los.
Ribera hatte das Gefühl, sofort wieder sein Hotelzimmer kontrollieren zu müssen. Aber es war alles unberührt. Trotzdem glaubte er, alle im Haus steckten mit solchen wie dem Dicken unter einer Decke. Sie spielten doch mit, ohne Ausnahme. Sicher auch Jan. Die wissen genau Bescheid. In Rönnwitz treffe ich irgendwen von denen wieder.

*

Sie fuhren morgens früh vor dem Berufsverkehr in Richtung Leipzig, stiegen unterwegs in den Regionalzug um und waren kurz vor zehn Uhr in dem verregneten Zehntausend-Seelen-Nest. Nichts erinnerte an die untergegangene Bergbauzeit. Parks,

Alleen und schmucke neue Häuschen prägten das Ortsbild. In den Straßen schleppten sich alte Menschen mit Rollatoren in die Einkaufsparadiese – und von dort zurück nach Hause. Wer noch konnte, bewältigte den Weg mit eigenem Auto. In den Kaufländern bedienten Jugendliche die Rentner an den Kassen oder fuhren die Busse, die den etwas mobileren Rentnerrest beförderten.
Das steht uns in Spanien noch bevor, stöhnte Ribera. Raul stapfte missvergnügt an seiner Seite durch den Nieselregen.
Viel später fiel Ribera auf, was ihn stutzig gemacht hatte in diesem Nest. Sie wisperten hier alle, leise, keiner sprach laut und deutlich. Und sie hüstelten bei jedem zweiten Satz. Räusperten sich, hielten inne, flüsterten.
Als sie in die Kalbsgasse einbogen, sahen sie das Elend vor sich. Ribera wies auf die zwei, die sich mühsam mit Rollatoren fortbewegten. Wie Schnecken krochen Maria und Joseph auf ihr kleines Haus zu, mit ihren Einkäufen.
Raul übersetzte nach der fremdelnden Begrüßung. Dürfen wir kurz mit rein? Es dauert nicht lange.
Ribera wusste, dass sie alle, diese Deutschen, nur kurz mal reinschauten, kurz was fragten, kurz verschnauften. Angeblich hatten sie nie richtig Zeit für was. Aber abends hockten sie bis Mitternacht im Fernsehsessel, die Alten jedenfalls. Die Jungen zogen mit Handy am Ohr von Party zu Party – aber tagsüber: keine Zeit, bin in Eile, bis später, wenn ich Pause habe. Dann hatten sie jedoch nie Pause.
Auch Maria und Joseph nicht. Ribera und Raul störten beim heiligen Kaffeekochen und Visitieren der Einkäufe. Das geschah im Sitzen am

Küchentisch. Ein Ritual war verletzt, und so fielen die Antworten auf die Fragen des Spaniers auch aus. Nein, es gehe ihnen wirklich wieder gut. Nein, hier gäbe es nie Probleme, womit auch, da müssten Sie halt andere Leute fragen. Ja, der Albino sei zwar ein Freund, den hätten sie aber schon lange nicht mehr gesehn. Arbeitete der eigentlich noch, oder sei er bereits Rentner? Doch, der arbeitet, versicherte Joseph brummig, baut Häuser. Maria schaute ihn spitz von der Seite an, bis er ins Nebenzimmer verschwand mit seinem Bier und der Zigarre. Hier steht alles zum Besten, versicherte sie treuherzig. Aber aus dem Stuhl, zum Verabschieden, kam sie nicht hoch.

Nebenan wohnten Carmen und Jochen. Sie lehnte es ab, mit Ribera zu reden, humpelte auf die Terrasse und ließ sich nicht blicken. Jochen war zugänglicher, als die Rede auf Jan kam. Ja, der wollte das mit dem Müll groß in der Presse rausbringen, da recherchierte er seit Jahren.

Was wollte er rausbringen? Das mit den Uranschlampereien. Tatsächlich, teilte Jochen mit, wussten unsere Eltern früher nur vom Radon. Das kannten sie alle, bis die Russen kamen nach dem zweiten Weltkrieg. Radon war im Wasser. Deshalb gab es hier die Kurorte. Doch die Erde unter ihnen war gefährlich. Da gingen die Alten nicht rein. Versuche begannen schon, als wir die Wunderwaffe bauten. Wir brauchten Uran, um den Krieg zu gewinnen. Deshalb existierten sie doch, die alten Karten aus den letzten Kriegsjahren.

Die Amerikaner – Befreier, na ja – kamen nach Kriegsende, verteilten Kaugummis, Schokolade und hatten keinen blassen Schimmer. Erst die Russen rückten im Sommer 45 mit Wissen über

Urangebiete an. Sie rissen sofort die Erde auf. Wer wollte, hatte Arbeit und Lohn.
Aber anfangs verdingten sich wenige beim Russen, das machten nur die Verräter. Schnell holten sie sich Leute aus den umliegenden Städten. Immer mehr Glücksritter ließen sich nieder.
Hier, sehen Sie. Jochen kramte in einer Kiste. Ich hab 'nen alten Geigerzähler von meinem Vater. Er schaltete das Gerät ein. Plopp, der Zeiger stand am Anschlag. Es ist immer das Gleiche. Fünfmal schalte ich ein, dann funktioniert es nicht mehr. Zu viel Strahlung. Wir haben Belastungen über den Grenzwerten, es ist extrem. Jetzt als Rentner fühle ich es sogar. Im Haus kribbelt es, sage ich. Carmen meint, ich sollt nich drüber reden, bringt nichts. Oder?
Zeigen Sie mal, forderte Ribera. Schnauzen Sie ihn nicht so an, flüsterte Raul auf Spanisch. Sie haben schon wieder den Kommissar-Ton drauf. Sie sind privat hier.
Ribera entschuldigte sich leise. „Können Sie mir den borgen? Bringe ich nachher zurück", fragte er Jochen. Klar, der schob ihm den Geigerzähler hin. Überall im Haus schlug der Zähler bis zum Anschlag aus. Auf der Straße dagegen rührte sich das Gerät nicht, der Zeiger verharrte auf der gegenüberliegenden Null-Position. In Marias Haus dagegen – volle Belastung.
Unter einem Vorwand durchstreifte Ribera erneut die Räume. Woher kam heute noch diese extrem hohe Strahlung?
Radon im Boden, davon hatte er gehört und gelesen. Doch so hohe Konzentrationen? Es existierten keine Untersuchungen, die das bestätigten. Raul hatte es im Vorfeld geprüft, er war hier in Deutschland

Riberas bewährter Assistent. Er verfügte über Universitätskontakte in Berlin und stellte die richtigen Fragen. Das Misstrauen hatte er aber sofort gespürt.
Ein Wissenschaftler sagte: Lassen Sie besser die Finger davon. Es gibt nur ein einziges DDR-Gesetz, das über die Wende gekommen ist. Und das betrifft ausgerechnet den Uran-Schrott im Osten. Der wird als Abfall eingestuft. Er muss nicht wie Strahlenmaterial entsorgt werden, verstehen Sie? Dieses Gesetz von 1984 gilt bis heute. Nur so konnte kontaminierter Boden überhaupt entsorgt werden. Niemand hätte sonst gewusst, wo verstrahlte Erdmassen in solchen Mengen gelagert werden sollten. Aber Sie dürfen mich nicht zitieren, falls Sie doch von der Presse sind. Ich habe nichts gesagt. Das unterliegt höchster Geheimhaltung. Studien über konkrete Strahlenschäden gibt es nicht für den Uranbergbau in Ostdeutschland. Für Folgeschäden würde auch niemand haften können. Zu teuer. Das sieht jetzt alles hübsch und neu dort aus – fertig.
Raul drängte Ribera, ihm zu versichern, dass er wegen der Geschichte keine Schwierigkeiten befürchten musste.
Ribera versprach es. Horst, sein Kumpel, sollte das regeln. Er schaute auf seinen Zettel. Jetzt zum Albino, der musste hier in der Nähe wohnen.

*

Der Albino stand wie aus dem Boden gewachsen vor den beiden Spaniern.
„Was suchen wir denn?", fragte er frech. Sommersprossen, Feuermelder-Haare, groß und bauernschlau – so sah er aus, der

Geheimnisumwitterte. Er war jünger als die vier, Maria, Carmen, Jochen und Joseph. Der war sein Freund und früherer Arbeitskollege.
„Ja, Madrid, tolle Stadt", der Albino philosophierte. „Leider war ich zu diesem Zeitpunkt unabkömmlich."
„Können wir in Ihrem Haus kurz reden?", fragte Ribera im Befehlston. Mit dem „kurz" funktionierte es, da sprangen sie drauf an. Man gehörte dazu, signalisierte, keine Zeit zu verlieren, nicht aufzuhalten und zu stören.
Der Albino nickte, es war, als ob es um ihn herum wisperte und säuselte, als sie zu seinem Haus marschierten. Und er beteuerte, wirklich äußerst wenig Zeit zu haben, gerade jetzt.
Unter dem üblichen Vorwand suchte Ribera das Bad mit der Toilette auf, schaltete den Zähler ein – kaum ein Ausschlag. Grüner Bereich, normale Belastung. Ebenso war es im Flur, in dem er das Gerät schnell versteckte.
„Sie sind Bauleiter für diese Häuser gewesen?", begann er.
„Lange her", lachte der Albino. „Ja, vor zwanzig Jahren."
„Zur Goldgräberzeit", lachte auch Ribera.
„Stimmt's?"
„Na, wenn Sie's so nennen. Wir haben hier viel aufgebaut – das sehen Sie ja."
„Toll, ordentlich", lobte der Spanier, „auch die Straßen, Parks, Plätze, alles."
„Na, ich hab nur 'n paar Häuser gebaut. Für meine Freunde, als Dank. Wir hatten nach der Wende Drecksarbeit zu erledigen, mehr als genug. Der Abraum musste ja komplett weg."
„Wo ist der eigentlich gelandet?"

„Keine Ahnung. Er sollte auf Lastwagen, und die karrten ihn dann weg. Da haben Joseph und Jochen viel geleistet, damals, die hatten ja keine Jobs. Die arbeiteten als Fahrer."
„Und dafür bauten Sie denen Häuser?"
„Ihnen und anderen, für günstigen Kredit. Ein Schnäppchen, wissen Sie. Auch wenn man schlechte Jobs hat. Jetzt sparen sie die Miete, da geht's denen auch mit kleiner Rente gut."
„So sahen sie nicht aus", sagte Ribera plötzlich ernst. „Sie wirkten eher todkrank."
„Mancher ist so drauf, mancher anders", blockte der Albino ab. „Im Alter hat jeder seine Wehwehchen."
„Wehwehchen", fragte Ribera, „oder schwere Krankheiten?"
„Möglicherweise auch das. Ist 'ne uralte Radongegend, wenn Sie darauf anspielen. Es vererbt sich ja oft, dieses Strahlenzeugs. Und die bei den Russen arbeiteten, verdienten zwar gut, starben aber früh. Das war hier bekannt, es gehörte zum Deal. Gutes Geld gibt's auch heute nicht umsonst."
„Maria, Carmen, Joseph und Jochen arbeiteten bei den Russen im Uran?"
„Na ja, nicht direkt. Eigentlich nicht. Sie hatten Jobs in der Bezirksstadt, damals, glaube ich."
„Und Sie?"
„Tja, ich war dort auch tätig. Wir lernten uns im Theater kennen. Maria und Carmen hatten die Kantine, Jochen und ich waren Bühnentechniker, Elektriker, Joseph auch. Der hatte uns die Arbeit am Theater vermittelt."
„Wem gehört eigentlich die Baufirma, bei der Sie arbeiteten?"
„Ich glaube, einem Italiener. Aber inzwischen gibt es sie nicht mehr." Der Albino wurde feuerrot bei der

Frage. „Entschuldigung, war noch was? Ich muss jetzt nämlich dringend weg."
Auf der Straße sah Ribera dem davoneilenden Albino nach.
„Komischer Typ, was?"
Raul nickte.
„Draußen wird die Belastung wieder stärker", sagte Ribera, der den Zähler im Vorgarten an die Hauswand hielt.
„Ich brauche einen Bauleiter, der mich über diese Häuser aufklärt. Such mal nach einem Sachverständigen, der *kurz* Zeit hat."
Raul stellte den Kontakt mit dem Smartphone her. Der Sachverständige wohnte um die Ecke in der Nebenstraße. Mürrisch beantwortete er die Fragen gleich an der Haustür.
„Können Sie uns nicht kurz reinlassen?"
„Nicht nötig. Es gibt hier Eigentümer, die wollten keine besondere Abdichtung und auch keine Drainage. Beides ist unerlässlich, damit Sie nicht hohe Strahlenbelastungen im Haus haben. Die fanden, das sei zu teuer. Oder es hat ihnen jemand eingeredet, da kenne ich mich nicht aus. Das ist alles."
Er ließ sich nicht zu weiteren Sätzen bewegen. Ribera sah Ellen von weitem am Fenster ihres Hauses. Sie wiegte ein Baby im Arm. Jämmerliches Kleinkindergeschrei tönte herüber. Ihre Hand war noch verbunden.
„Gehen wir. Danke." Ribera zog Raul weg von der Tür.
„Wir müssen jetzt zu Ellen."
Raul nickte zögernd. Es begann zu regnen. „Wenn Sie sich nicht beeilen, fährt uns der letzte Zug weg, mit dem wir es noch zurück schaffen."

„Nur diesen Besuch, dann sind wir fertig."
Ellen rief: „Es ist offen. Gehen Sie ins Wohnzimmer. Ich muss erst die Kleine füttern und windeln."
Im Haus roch es nach Babymilch. Ribera schaltete den Strahlungsmesser ein. Keine Belastung. Er schlich in den Hausflur, blickte durch den Türspalt ins Schlafzimmer – und erschrak. Ellen fütterte eine Puppe!
Sie sah echten Babys täuschend ähnlich. Überall im Zimmer lagen Puppen in Wiegen. Aus einem kleinen Lautsprecher drangen die Schreilaute eines Neugeborenen.
„Die Mami gibt dir zu essen. Gleich ist alles wieder gut, ganz ruhig. Hoppe, hoppe, Reiter... haaa."
Ellen jauchzte, wischte, wickelte, säuberte Teller, Tassen, Flaschen. Alles mit einer, der linken Hand.
„Steril muss es sein", hörte sie Ribera flüstern. „Ganz sauber wollen es meine Kleinchen."
Raul zog Ribera am Ärmel: „Gehen wir?" Der schüttelte den Kopf.
In Madrid hatte er mal einen ähnlichen Fall bearbeitet. Eine Frau legte sich damals Reborn Babies zu, etwa fünfzig an der Zahl. Für die gab es Kindbettchen, Wiegen, Spielzeug, Kuscheltiere, selbst gehäkelte Deckchen. Die Puppen sahen lebensecht aus. Bei der spanischen Mutter befanden sich aber echte Babyleichen mitten unter den Puppen.
Seither wusste Ribera: Puppen konnten hell- oder dunkelhäutig, wachend oder schlafend, sogar mit oder ohne Nabelschnur hergestellt werden. Kleine Blutergüsse, ein Pickelchen, Eiterblasen – alles wird täuschend echt „geschaffen", bis zu Haarwirbeln. Mundgeblasene Glasaugen blicken die „Mütter" an. Windeln und Strampler sind gewünschte Utensilien.

Preise beginnen bei einigen hundert und können bis zu mehreren zehntausend Euro reichen – für „Sammler". Sie werden eben nie älter, hatte die Mutter damals gestammelt, nicht so wie diese. Dabei wies sie auf die unter den Puppen verstreuten toten Babys.
Ribera lernte damals: Es sind die kinderlosen Frauen, die sich Puppen kaufen, möglichst mit Stimm- und Herzschlageinbau. In dem Fall hatte die Mutter ihre toten Babys nachmodellieren lassen und sich hoffnungslos verschuldet. Sie musste in psychiatrische Behandlung, nachdem der Richter sie für schuldunfähig erklärte.
Wie war es bei Ellen? Der heile künstliche Baby-Kosmos bedeutete Flucht – wovor? Die Grenze zwischen lebloser Puppe und lebendem Baby verschwamm auch bei ihr. Ribera schaute noch einen Moment durch den Türspalt zu und erstarrte. Ellen begann, mehreren Babys Arme und Beine mit einem Skalpell abzutrennen. Die Gliedmaßen füllte sie in Vorratsgläser, deren Essiggeruch das Haus durchzog.
„In den Keller", flüsterte Ribera. „Ich will noch messen."
„Es reicht. Wir müssen weg."
„Gleich, gleich."
Ribera schlich die Kellertreppe hinab. Die Tür stand offen. Der Kellerraum war voller Regale. Alle Gläser, die, Reihe für Reihe aufgefädelt, ordentlich aufgestellt waren, enthielten Arme, Beine, Oberkörper, Köpfe. Nur noch das Gerät einschalten, prüfen und weg hier, dachte er. Die Nadel schnellte nach dem Einschalten des Zählers weg von der Null und zerbarst beim Aufprall auf die Gegenseite.

Ribera glaubte, die Strahlenbelastung riechen zu können.
Raul drängte zum Aufbruch. Doch Ribera wies auf das Regal:
„Siehst du die Gläser?"
Raul blickte sich um, nickte. In diesem Moment surrte die Kellertür und fiel leise ins Schloss.

Vier: Raul schrie

Raul schrie:
„Sofort öffnen Sie die Tür, Ellen! Lassen Sie den Unfug!"
„Ich muss zum Flughafen", ertönte eine Stimme aus dem Lautsprecher an der Kellerdecke. „Heute Abend fliege ich in den Urlaub. Deshalb mussten meine Kinder sterben. Nur eins darf überleben – das frisch gewindelte. Es ist das einzige Kind, das ich von Jan habe. Mit Liebe gezeugt, ihr Verbrecher. Ihr seid genauso verkommen wie Jan. Der mein einziger Schatz in diesem Leben sein durfte. Dieser Ehre erwies er sich als unwert, und er ist verdammt zum Auslöschen."
Ribera hämmerte an die Tür aus Eisen.
„Niemand hört was, wenn ich weg bin", lachte Ellens Stimme. „Ihr seid mal richtig allein. Amüsiert euch."
Raul rannte im Keller hin und her. Er suchte nach Werkzeug.
„Übrigens", meldete sich prompt die Stimme, „Werkzeugsuche ist zwecklos. Ich habe nur nette Gläser im Keller. Leider sind sie etwas ungenießbar. Aber bedient euch ruhig. Wünsche angenehmes Verrecken. Eine Stunde mit der Strahlendosis im Keller verkürzt die Lebenszeit um ein Jahr, hab ich mal gelesen. Wenn Hochkonzentration vorliegt. Und die liegt vor. Abgedichtet ist das Haus erst oberhalb der Kellerdecke. Das habt ihr ja schon

herausgefunden, ihr Schlaumeier. Ach so, der Handyblocker funktioniert auch zuverlässig – gebt euch keine Mühe mit Hilferufen."
Das Echo hallte laut in den Raum. Der Lautsprecher übertrug noch, wie eine Tür oben ins Schloss fiel. Dann war Funkstille.
Ribera untersuchte den Keller. Raul griff sich an den Hals.
„Inspektor", würgte er – so hatte er den Ex-Kommissar noch nie angeredet, „wenn uns nun die Luft ausgeht? Hier dringt ja nichts durch. Wir ersticken." Er stand da, mitten im Raum, und schluchzte.
„Keine Sorge vorerst", beruhigte Ribera, „Luft kommt schon durch die Mauern, verseuchte zwar, da hat sie recht, aber das werden wir überleben: Wenn wir rauskommen. Pack mal an."
Er zog, rüttelte an einem Regal. Die Plastikgläser mit den Plastikgliedmaßen rollten auf den Boden.
„Brechen wir das Eisenregal auseinander. Um die Tür zu öffnen."
Sie lockerten eins der seitlichen Eisenteile und versuchten, es zwischen Tür und Rahmen zu stemmen. Nichts. Ribera hämmerte sinnlos die Eisenstange an den Metallrahmen. Es gelang ihm nicht, das Kanteisen in den winzigen Spalt zu klemmen.
Doch da entdeckte Raul den Knopf an der Wand, vor der eben das Regal gestanden hatte. Er drückte. Langsam schepperten die restlichen Regalteile zur Seite – eine Luke im Fußboden wurde sichtbar. Und an der bisher verdeckten Wand lehnte eine Leiter.
„Los", Ribera rüttelte an der Luke. Nichts. Raul drückte den Knopf, wieder und wieder. Die Falltür hob sich einige Zentimeter. Minuten später stand die

Luke offen. Sie schoben die Leiter hinein, die exakt vom Kellerboden bis zum Ende des Schachts reichte. „Wir gehen runter – das ist unsere einzige Chance. Vielleicht kommen wir in einem der alten Stollen voran. Die müssen doch Ausstiege haben."
„Vielleicht sind die längst zugeschüttet?"
Ribera zog zwei kleine Taschenlampen aus seiner mobilen Bürotasche. Trotzdem war im Schacht nichts zu erkennen. Raul stieg als erster hinab. Unten patschte er ins Wasser. Ribera folgte vorsichtig. Überall standen Pfützen. Aber der Stollen führte weg vom Haus. Sogar aufrecht konnten sie gehen – vorerst. Es wurde schmaler und niedriger. Schließlich krochen sie auf allen Vieren voran. Wohin?
Kein Wegkreuz, keine Gabelung. Der Stollen führte ins Irgendwohin. Raul sah das ferne Licht als erster. „Leise", flüsterte Ribera. Er schaltete das Handy ein. Kein Notsignal. Sie waren zu tief unter der Erde, oder die vertäuten Stollendecken ließen Handyrufe nicht durch. Es floss ziemlich viel Wasser von den Holzbohlenwänden. Vorn wurde der Gang breiter. Das Licht zeichnete jetzt deutlichere Konturen. Eine Person mit Lampe, am Kopf befestigt, hämmerte frei gelegtes Gestein ab. Sie prüfte die Brocken und zerkleinerte die Teile. Die Gestalt verstaute Steine in Tasche und Rucksack. Eine Gasmaske erkannten sie, straff über das Gesicht gezogen. Auf dem Kopf saß der Helm – und bekleidet war sie mit altem Armee-Drillich. Bevor Raul es verhindern konnte, rief Ribera: „Hey!" Die Gestalt zog eine Pistole und richtete sie auf die Ankömmlinge. Raul sprang schützend vor den Ex-Kommissar. „Er wird schon nicht auf uns schießen", beruhigte ihn Ribera. Woher er die Gewissheit nahm

– dass es ein Er war und dass der nicht schoss, wusste er selbst nicht.
„"Die verdammten Spanier", murmelte der Mann.
„Wo kommt ihr her?"
Er riss mit einem Ruck die Gasmaske vom Gesicht.
Vor ihnen stand der Albino.
„So sieht man sich wieder", sagte Ribera und dachte: Zwei gegen einen. Da sprang Raul schon auf den Albino, entwand ihm die Pistole, und der Ex-Kommissar drückte den schmutzigen Kerl zu Boden.
„So, Freundchen, und jetzt führst du uns ganz schnell hier raus."
Der Albino lachte frech.
„Ich? Raus? Keine Ahnung, ob es hier einen Ausgang gibt."
Ribera durchsuchte ihn, fand Schlüssel, sah, dass Raul den Deutschen fest im Griff hatte. Auf der Erde lagen Reste eines Metallseils. Blitzschnell fesselte Ribera den Albino an einer Holzstrebe. Der Kerl tobte.
„Kooperierst du jetzt, oder willst du hier verrecken?", brüllte Raul. Der Albino zerrte am Seil.
Ribera richtete die Pistole genau auf sein Herz.
„Wenn du sagst, welcher Schlüssel für Ellens Keller passt, nehmen wir dich mit raus."
„Es ist der große."
Raul und Ribera rannten mit dem nun an den Händen gefesselten Albino zurück. In Ellens Wohnung untersuchte der Ex-Kommissar Tasche und Rucksack.
„Fossilien", sagte er zu Raul. „Der hat Ammoniten aus dem Gestein geschlagen, hier, und Trilobiten, Dreilapperkrebse, dazu versteinerte Haifischzähne. Eine hübsche Kollektion, die 'ne Menge Geld wert ist."

Sie banden den Albino im Wohnzimmer fest.
„Wohin fliegt Ellen?"
Erst nach einigen Schlägen, für die sich Ribera innerlich entschuldigte, zeigte sich der Weiße mit den roten Haaren gesprächig.
„Mallorca", stöhnte er. „Zur Finca des Alten will sie, um den Boss endlich zu beerben. Und du kannst es nicht verhindern, Spanier. Denn ihr Bastard wird der neue Chef. Der Alte muss weg. Sie wird ihn beseitigen. Das ist sie mir auch schuldig. Schließlich habe ich ihre Liaison mit dem Alten lange genug gedeckt."
„Was hat es mit den verstrahlten Häusern auf sich, in denen deine vier Kumpels wohnen? Erleichtere mal dein Gewissen."
„Abdichtung und Drainage. Haben wir vergessen. Aus Kostengründen. Die konnten eh nichts bezahlen, die armen Schlucker. Außerdem ist es für sie am besten. Warum sollen sie alt werden?"
„Und du machst inzwischen Geschäfte mit den Fossilien?"
„Von irgendwas muss ich leben. Häuser sind genug gebaut. Seit der Alte Ellen und mich geschasst hat, läuft hier nichts mehr am Bau. Ellens Leistung ist der Bastard, den sie mit dem Alten gezeugt hat. Der ist unser Mann, der übernimmt jetzt den Laden. Dann sind wir wieder im Spiel."
„Mallorca – wo ist die Finca von Cantaro?"
„Nützt euch nichts, ihr Anfänger, ihr kommt – falls überhaupt – viel zu spät. Aber gut, sie liegt im südlichsten Zipfel der Insel, gleich am Strand. Der letzte Flug heute ist sowieso weg, und bis morgen ist der Fall erledigt. Was soll's? Und die Falschaussagen, die ihr mir unter Folter abgepresst habt, könnt ihr vergessen. Mein Anwalt ist

informiert. Der holt mich in einer Stunde raus. Dann sind auch die deutschen Behörden vor Ort, die euch ein paar Tage festsetzen und verhören werden. Es geht um unbefugtes Eindringen in die Privatsphäre, unerlaubten Waffenbesitz, Erpressung zu räuberischem Zweck – das werden nur einige Anklagepunkte sein. Seht mal zu, wie ihr da rauskommt."
Er lachte hämisch.
„Raul wird seinen Aufenthalt in Deutschland vergessen können, und Sie, Ribera, werden gleich noch einmal versetzt – in ein übles spanisches Provinznest. Dort können Sie dann Viehdiebstähle aufklären – gegen eine verschwiegene, waffenstarrende Dorfmafia. Wenn Sie die überleben: Chapeau!"
Er wiegte den Kopf, als ob er einen nicht vorhandenen Hut zog.
„Orton ist nämlich schon informiert", fügte er hinzu.
Plötzlich sackte er zusammen:
„Wasser".
Ribera flößte ihm ein Glas Leitungswasser ein.
„Nicht das. Anderes", stöhnte der Albino und verlor das Bewusstsein.
„Anderes? Was meint er?", Raul beugte sich über den Leblosen.
„Verschwinden wir", Ribera zog ihn weiter.
„Überlass das alles der deutschen Polizei. Ruf unterwegs an. Wir haben keine Zeit."

Fünf: Der Strand...

Der Strand nahe bei Es Trenc im Süden der Insel lag im Sonnenschein. Während es in Mitteleuropa noch regnete, begann hier bereits der Frühling. Wer vom Flughafen in diese Gegend fuhr, hatte viele Gelegenheiten, unterwegs die erste Mandelblüte zu bewundern. Nur wenige Touristen bevölkerten um diese Jahreszeit im Februar den Strand, an dem zwei Männer entlang eilten. Vor ihnen lag die Bucht, der sich ein weit gestreckter, weißer Sandstrand anschloss. Am Uferrand versuchten Surfer, ihre Bretter bei gutem Wellengang ins Wasser zu bugsieren – der Wind stand günstig.
„Moment", sagte der ältere der beiden, „ich sehe sechs Surfer, aber nur fünf Bretter."
„Stimmt", bestätigte der jüngere. „Einer geht am Strand entlang wie wir."
Das könnte sie sein, dachte der ältere, schwieg aber und beschleunigte seinen Schritt.
„Sie vermuten...", begann der andere, stockte, als er das Nicken sah. Beide liefen jetzt durch den weißen Sand, vorbei an den Algenbänken, die der Wind seit Tagen anspülte.
Gleich hinter dem Strand beherrschte der Maschendrahtzaun die Szenerie. Der Alte, der das Land hinter den Dünen gekauft hatte, musste Einheimischen und Urlaubern den Strand lassen. Es gab eine Pforte für seinen Zutritt – dorthin wollten

sie. Das kleine gelbe Haus davor war schon zu erkennen. Es lag mitten im weißen Sand, genau an der schönsten Stelle dieses Strandabschnitts.
„Wenn sie es sein sollte – hoffentlich bleibt er da schön in seinem Häuschen", brabbelte der ältere, mehr zu sich selbst, kaum verständlich für den jüngeren. „Ich meine, im Landhaus hinter den Dünen, sonst... Es wird eng, Raul. Wir rennen."
Ribera beschleunigte derart, dass Raul ihm kaum folgen konnte.
Nach ihrem Abenteuer in Rönnwitz hatte Ribera seinen Ex-Chef Orton informiert und war eine Maschine später mit Raul nach Mallorca geflogen. Anita arbeitete wieder für ihn, recherchierte und bereitete den Einsatz vor. Im Laufen telefonierte Ribera:
„Ist der Alte zu orten? Probiere alles. Wir sind gleich beim Strandhaus. Könnte Ellen vor uns sein?" Anita bestätigte, das hatte sie schon herausgefunden. Und der Alte sei vom Landhaus unterwegs Richtung Strand. Genau hundert Meter sei er vom Ufer entfernt.
„Schneller", keuchte Ribera. Ellen war verschwunden. Vor ihnen lief niemand mehr. Anita versicherte, dass sie den Alten informiert habe. Orton hatte inzwischen den Dicken konsultiert, der Hilfe schicken wollte, nachdem er sich um die Festnahme des Albinos gekümmert hatte.
„Die Spur zu ihr ist flöten", meldete Ribera an Orton, den Einsatzleiter. „Wir sind vor dem Eingang zum Strandhaus, Landseite. Vor dem Haus erstmal nichts Verdächtiges. Der Alte soll zum Strand gegangen sein – ich sehe ihn nicht. Lassen Sie das Landhaus untersuchen und kommen Sie mit dem Rest Ihrer Besatzung ans Meer."

„Wir haben zehn Brillenbeamte von den Deutschen bekommen – die bleiben im Haupthaus. Wir sind dann acht Leute und bereits unterwegs. Seien Sie vorsichtig, Ribera, gefährden Sie um Himmelswillen Raul nicht. Nehmen Sie ihn aus der Schusslinie, verstanden?"
„Ist sie etwa bewaffnet?"
„Sie hat hier in Palma einen Kontaktmann getroffen, soviel wissen wir. Der sollte ihr eine Waffe übergeben."
„Wir gehen langsam um das Haus. Sieht aus wie fest abgeschlossen."
Ribera befahl Raul, hinter seinem Körper zu bleiben. Er zog die Pistole. Bis zur nächsten Ecke des Hauses fehlten wenige Meter. Der weiße Sand wurde tiefer und lockerer. Er schluckte jedes Geräusch. Den Rest besorgte der Wind vom Meer.
Muscheln. Plötzlich sah Ribera die feuerroten Jakobsmuscheln im Sand vor sich. Ein feines Singen drang in sein Ohr. Er hörte ein deutsches Wiegenlied.
Ellen saß, vom Land aus gesehen, hinter dem Haus, auf einer der Treppenstufen, summte leise ihr Lied. Die Pistole war auf den Hauseingang auf der Meerseite gerichtet.
„Ein Schritt noch, Kommissar", sagte sie unvermittelt, „und er ist endgültig eine Leiche."
Cantaro stand wie leblos im Türrahmen. Die Lippen: blau.
„Er ist unterzuckert, der Gute. Ihm fehlen wohl seine Medikamente. In Palma hat er gestern sein neues Testament deponiert. Mein Sohn – sein Sohn – ist Alleinerbe."
Ribera nahm die Waffe herunter.

„Jetzt müssen Sie ja nur noch aus dieser Nummer herauskommen. Mordversuche, und am Ende ein richtiger Mord?"
„Was kann ich dafür, dass alte Herren manchmal ihre Spritzen und Tabletten vergessen? Und die Pistole? Die wird sich schnell in Luft auflösen. Sie haben ja auch eine. Vielleicht waren Sie es, der ihn so aufgeregt hat, nicht ich? Stimmt doch, Liebster?"
Der Alte stöhnte, nickte.
„Sehen Sie. Einen Zeugen hab ich schon. Außerdem, Sie mit Ihren beschissenen Alleingängen. Wer glaubt denn Ihnen noch was? Also kommen Sie rüber, schnell. Stellen Sie sich vor ihn."
Als Ribera sich nicht rührte, schoss sie in den Sand.
„Das war der Warnschuss. Ab jetzt gibt's nur noch Treffer, klar?"
Ribera stellte sich vor den Alten. Er sah Ortons Leute heranrücken und zuckte mit den Schultern: „Tja, verloren. Gratuliere."
Zum Zeichen der Aufgabe hob er in Zeitlupe die Arme, einen nach dem anderen.
Lautlos sackte Ellen zu Boden. Der Scharfschütze hatte auf das vereinbarte Zeichen gewartet und sofort geschossen.
„Wo ist Ihre Medizin?", rief Ribera.
„Ursprünglich im Haus auf der Landseite. Doch sie hat alles weggeschmissen."
Ribera rief Orton an: „Der Boss braucht dringend seine Medikamente. Lasst neue holen. Die Haushälterin kennt das Rezept."
Ribera setzte den Alten auf die Stufe. Gleich darüber lag Ellen. Der Sand färbte sich knallrot.
„Schauen wir besser aufs Meer", meinte Ribera und hockte sich neben den Alten.

„Hier ist ein vorbereiteter Text. Enterben Sie sie doch wieder. Den Widerruf haben wir schon angemeldet. Sie müssen mir nur noch sagen, wer erben soll. Ich trage den Namen ein, und Sie unterschreiben."
„Ich will keinen Namen. Es soll zu Ende sein. Schreiben Sie: Alles fällt an den spanischen Staat. Ich gebe auf. Die Kinder aus meiner Ehe hatten schon vor Jahren verzichtet, weil sie nichts mit meinen Geschäften zu tun haben wollten. Übrig blieb der Sohn, den mir Ellen gebar. Den liebte ich, sie hätte mich nicht erpressen müssen, um ihm die Nachfolge anzutragen. Aber das soll jetzt vorbei sein."
Ribera fügte den Satz ein und ließ Andrea Cantaro unterschreiben. Er hörte den Polizisten, der die Medizin so vorsichtig in den Händen hielt, als beförderte er eine Reliquie. Hastig reichte er sie dem Kommissar.
Vorn rauschte das blaue Meer. Ein Surfer klatschte ins Wasser und verschwand in der Meereswoge. Aus dem Schaum tauchte er wieder auf.
Am Ende sieht doch alles recht friedlich aus, dachte Ribera. Verstohlen blickte er zu Raul, der sich um den Alten kümmerte. Ganz passabler Schwiegersohn, falls es dazu mal kommt. Meine Tochter hat jedenfalls einen guten Geschmack.
„Goyas Hund – was sagt er dir?"
„Er ist nicht hinter Gittern. Immerhin. Eine Möglichkeit, frei zu sein? Wie kommst du darauf?"
„Aber er erkennt nichts. Da über ihm ist nichts. Ich meine, höchstens das Chaos."
„Besser, als das eigene Gefängnis zu sehen."
„Vielleicht schaut er ins Jenseits, in dem auch nichts ist? Die Kirche sieht es wohl so, hab ich gelesen."

„Er staunt über seine Situation. Ein besonderer Hund – das können nicht viele. Die meisten finden sich ab. Der nicht."
Ribera lachte: „Das ist gut."
Er rief seine Frau an. Dann buchte er eine Woche Es Trenc für zwei.
Von fern rückten Strandwanderer näher. „Beeilt euch. Schnell. Schafft die Leiche weg und schüttet Sand auf", rief Ribera den Polizisten zu.

Ende

Herstellung und Verlag:
BoD - Books on Demand, Norderstedt
ISBN 978-3-7412-7071-0